KB073626

밤이 아닌데도 밤이 되는

밤이 아닌데도 밤이 되는

최리외 지음

핀드

차례

1부

나

언젠가, 공항의 밤에

이 글은 끝나지 않는 밤을 통과하는 '당신'의 이야기다.

이 글에서 호명되는 '당신'은 이 글을 읽는 당신이 결코 아니다.

혹은 돌이킬 수 없이 당신이다.

귀 너머에는 소리가 있다. 시각의 먼 끝에는 풍경이 있으며, 손가락의 끝에는 사물이 있다 ─ 그곳으로 나는 간다.

(…)

나의 머나먼 끝에 내가 있다. 나, 애원하는, 궁핍을 겪는 나, 매달리고, 통곡하고, 한탄하는 나.

— 클라리시 리스펙토르 「그곳으로 나는 간다」*에서

글 쓰는 이들은 크게 두 부류로 나뉜다. 겪은 것만을 쓸 수 있는 사람이 있고, 겪지 않은 것임에도 쓰는 사람이 있다. 당신은 결코 후자에 속할 수 없다.

언젠가 당신은 꿈을 꾼 적이 있다. 꿈꾸는 시간, 밤의 시간, 밤이 아닌데도 밤이 되는 시간, 그리하여 시간이 없는 시간. 고요에 파묻힌 시간이라고 모두가 알고 있으나 실은 소리로 가득한 시간. 장면에서 장면으로, 하나에서 둘로, 다시 하나로 두서없이 오가는 시간. 그 시간에 꾸었던 꿈에서 당신은 세상에서 가장 환한 얼굴을 하고 어느 결혼식장에 있었다. 영원을 약속하는 사랑의 표정. 어쩌면 더는 환하게 웃을 수 없을 사람이, 온 얼굴이

* 클라리시 리스펙토르, 『달걀과 닭』, 배수아 옮김, 봄날의책, 2019.

피어나도록 웃고 있었다. 그의 사랑을 축하하며 당신은 사진을 찍었다. 꿈속에서, 그 사진이 곧장 인화되어 당신 두 손에 들려 있었다. 마치 영화처럼. 불필요한 장면은 모두 매끈하게 잘라내고 걷어낸 뒤 유의미한 장면만을 건져낸 영화. 컷. 컷. 보는 것을 믿을 수 없다.

당신은 영화를 좋아한 적이 없다. 영화 속 인물들이 하나의 말을 하고 나서 둘의 말이 시작되기 전, 정갈하게 잘린 시간의 분초를 당신은 언제나 견딜 수 없었다. 절대로 말과 말이 겹쳐지지 않는, 절대로 말과 말이 교차하지 않는, 동시에 범벅되지 않는, 언제나 하나의 말 다음 차례를 지켜 둘의 말이 발화되는. 그런 의미에서 영화에는 공항이 없다.

지금 공항에 놓인 것은 당신이다. 낮에는 들리지 않던 목소리들이 일제히 끼쳐오는, 온갖 말들이 난무하는, 웅성거리는, 동시에 섞여드는, 걸쭉해지는, 알 수 없는 냄새를 풍기는, 외국어가 되어가는 모국어를 당신은 듣는다. 의미가 아닌 것은 전부 소리일 뿐, 소리일 뿐인 것은 다만 시끄러울 뿐. 잡음 속에 당신은 언제나 놓인다. 그런 의미에서 공항은 때로, 여기 이 모든 곳이다.

소식 들으셨죠?

이 질문은 결코 즐거운 소식을 물고 오지 않는다. 간밤에 어떤 여자가 병원에 실려 갔고, 간밤에 어떤 여자가 죽었고, 간밤에 어떤 여자가 스스로 목숨을 끊었다. 죽음의 비릿한 냄새. 결코 지워지지 않는다. 간 ― 밤 ― 에. 밤은 이미 지나갔으나 다시, 또다시 닥쳐온다. 어제와 내일의 경계가 사라진다. 절벽에서 몸을 던지는 여자들을 당신은 눈앞에서 그려볼 수 있다. 안부를 전하는 것은 언제나 낮의 일. 편지를 쓰는 것도 낮의 일. 빛이 있는 한의 일. 그러므로 당신은 지금, 침묵한다.

지금. 모든 남은 빛이 사라지고 비로소 검은색이, 혹은 푸른색, 노란색, 심지어 흰색이 내려앉은 이 시간에, 당신은 눈을 감는다. 감은 눈 안으로 보이는 오색 빛깔 점들을 따라다닌다. 영원히 닫을 수 없는 귓속에는 끝없는 소리들. 활공하는 밤 비행기 소리, 삐걱대며 굴러가는 이민가방 소리, 찢어지듯 아기 우는 소리, 남자가 고함치는 소리, 구급차 사이렌 소리, 쫓겨난 자들의 소리. 제발 조용히 해주세요. 당신은 소리 없이 빈다. 눈물로 빈다.

우리드 알라우닷 일라아 알만질.

أريد العودة إلى المنزل. 집에 가고 싶어.

당신은 짐짝처럼 야간 버스에 실려 간 적이 있다. 그 날도, 새카만 어둠 속에서 당신은 소리만을 들었다. 어디론가 내달리는 오토바이 소리, 배달 트럭 타이어가 값싼 시멘트 도로에 마찰하는 소리, 쓰레기차 소리. 낡은 버스가 덜컹일 때마다 당신은 감은 눈을 또 감았다. 버려지는 것들을 수거하고 울퉁불퉁한 도로를 닦고 어둠에 몸을 숨겨 움직이는 모든 이들은 밤에만 모습을 드러낸다는 것을 당신은 안다. 마주치고 싶지 않은 존재들, 가능하다면 피하고 싶은 존재들, 냄새 풍기는 자들, 곤경에 빠진 자들. 난민難民.

단출한 배낭 안에 든 것을 살펴본다. 여분의 옷가지와
속옷, 양말, 응급용 주사기, 치약, 칫솔, 연고, 반창고, 로
션, 휴대전화 충전기, 손톱깎이, 지갑, 사진, 비닐로 감싼
돈다발, 불법 입국자, 허락 없이 경계를 넘는 자.

당신은 국경수비대 검문에 붙잡힌 이들의 얼굴을 알
고 있다. 해변으로 떠밀려온 세 살배기 꼬마의 얼굴을
알고 있다. 해변으로 떠밀려온, 세 살배기가 아닌 이들
의 얼굴을 알고 있다. 결코 용서하지 않을 것이다. 결코
잊지 않을 것이다. 그런데 누구를?

당신도 알지 못한 어느 국경지대에서, 밀수꾼은 배낭
을 하나만 가져갈 수 있다고 했었다. 당신은 나머지 배
낭 하나를 통째로 버렸다. 그 안에 무엇이 들었는지는
기억할 수 없다. 대낮의 시장에서 거래될 수 없는 물건,
그것은 당신이다. 아무도 모를 때, 들키지 않을 수 있을
때, 혹은 그렇다고 믿어질 때 당신은 경계로 운반된다.
죽지도 않고 살지도 않은 상태로.

당신은 누구인가?

　기억하고 싶은 것들은 전부 기억되지 않고, 기억하고
싶지 않은 것들은 언제나 기억된다. 당신은 밤의 얼굴을
똑바로 들여다본다. 눈은 빠르게 어둠에 적응했다. 철조
망 넘는 자를, 갑판 위로 나갈 수 없는 자를, 밀폐된 공간
의 공기만을 마실 수 있는 자를, 짐칸 밑에 납작하게 숨
은 자를 또렷이 볼 수 있을 만큼.

　아무래도 무언가를 놓고 온 것 같다. 누군가를 놓고
온 것 같다. 밤에 지독할 만큼 잠을 자지 않아 부엉이라
고 불리던 한 여자. 그 여자는 여자이고 싶지 않은 여자
였고 너무 빨리 죽었다. 밤 산책을 나갔다가 영원히 돌
아오지 않은 여자들, 밤 산책을 나갈 수 없는 여자들, 낮
에도 산책할 수 없는 여자들. 그친다던 비는 내내 그치
지 않고, 여기에는 계절이 없다. 여기는 어디인가?
　당신은 문득, 낯선 자의 비명을 들은 것처럼 황급히
몸을 일으킨다. 아무래도, 아무래도 무언가를 두고 온

것 같다. 밤공기가 차가워 몸을 떨며 걷던 사람들, 일하다 죽은 사람들, 싸우다 죽은 사람들, 총에 맞아 죽은 사람들, 손에 맞아 죽은 사람들, 도망치다 죽은 사람들. 계속해서 닫히는 문. 시체를 옮기는 검은 가방이 질척한 진흙땅에 질질 끌리는 소리. 귀는 닫을 수 없다. 당신은 잠들 수 없다.

당신은 누구인가?

앞으로 이 질문을 숱하게 받게 될 것이다. 눈썹의 모양과 눈동자의 빛과 머리카락 색이 다르다는 이유로 손쉽게 타자가 되는 자들 틈에서, 당신은 철저히 혼자일 것이다. 불가피하게 당신일 것이다. 아무리 얼굴을 바꾸어도, 끝끝내 당신일 것이다. 그러나 대체 당신은 누구인가? 공항 직원이 무언가에 쫓기듯 걸어가다 당신을 흘끗 본다. 모두가 당신을 노려보는 것 같다고, 당신은 느낀다. 내리쬐는 형광등 빛은 창백하다.

공항에는 계절이 없다. 전부 표백되었다. 당신에게도

계절을 느끼던 시절이 있었다. 아직 죽지 않은 여자들과 얼굴 가린 천 뒤로 웃음을 나누던 시절이, 아이들이 뛰어노는 소리가 들리던 골목이, 창문에 나른한 빨래가 내걸린 오후가, 트럭 가득 채소를 실은 남자가 한가로이 노래 부르듯 이름들을 읊던 해 질 녘이. 베이둬 타마르, 바쉘, 반도우라, 바따-따, 말푸-프, 바-틴잔, 키야르, 하르브, 어은푸.* 언젠가, 당신은 이 모든 것을 말할 수 있으리라. 말하게 되리라. 사랑의 얼굴을 한 어은푸, 믿음의 얼굴을 한 어은푸, 정의의 이름을 감히 빌린 어은푸, 살아 있는 것들을 쫓아내는 어은푸.

얼굴 앞에서 닫히는 모든 문. 당신은 닫힌 문 앞에 두 발로 서서 말할 것이다. 그 무엇도 암시하지 않고. 말할 수 있다면, 말할 수만 있다면. 발화되지 않은 중얼거림은 결코 썩지 않으므로, 살아남지 못할 운명이었던 여자들은 몸을 던져 말했으므로, 웅성대며 말했으므로. 동시에, 교차하며, 모국어와 외국어를 뒤섞어 말했으므로.

* 아랍어 단어들. 차례대로 큰 대추, 양파, 토마토, 감자, 양배추, 가지, 오이, 전쟁, 폭력.

당신 역시 그러할 것이다.

마침표와 물음표 사이에서 고민하는 모든 순간에, 당신은 늘 말줄임표를 택해왔다. 오염된 언어 속 모든 말줄임표. 말은 소리일 뿐이며 그 안에는 사랑도 없고 믿음도 없고 정의도 없다. 당신은 유창하게 말하지 못하는 이들을 도리 없이 사랑해왔다. 곤히 잠들어 감은 눈을 또 한 번 감는 이들을. 당신은 비행기를 탈 것이다. 여권도 없이 공중에, 허공에 뜰 것이다. 썩은 땅에 발붙이지 않을 것이다. 그런데 떠나는 것은 당신인가? 당신은 떠날 수 있는가? 썩은 땅 너머에는 또 다른 썩은 땅이. 나의 머나먼 끝에는 내가.

당신은 배낭을 들고 일어선다. 감은 눈을 뜬다. 당신의 머나먼 끝에는 언제나 당신이 있다. 두 눈을 부릅뜬 채, 당신이 당신을 노려보고 있다.

잠에서 깨어난다.

여기, 우리가 만나는 곳

'여기, 우리가 만나는 곳'. 제가 좋아하는 이 구절은 영국 작가 존 버거의 책 제목입니다.

'당신의 삶에도 레퍼런스가 있나요?'라는 흥미로운 질문에 대한 하나의 답으로 이 글은 쓰였습니다. 한 문장 안에도 얼마나 많은 참고문헌이 깃들어 있는지, 얼마나 다양한 함의가 존재할 수 있는지, 그리하여 수많은 각주를 읽다보면 결국 우리는 어디에선가 만나게 되는 게 아닐지, 곰곰해집니다. 관계를 지탱하는 것은 데칼코마니 같은 동질성이 아니라 실낱같은 유사성, 혹은 기꺼이 유사해지려는 태도, 서로를 따르려는 — 따라 하려는 — 의지라고 생각하는 편입니다. 우리 자신이 각자 한 권의 책이라면, 우리는 어쩌면 선명하고 당당한 본문에서 만나지 않고 저 구석*으로 밀려나 작은 글씨로 적힌 각주들 틈에서 만나게 될지도 모릅니다. 조르주 페렉이 『공간의 종류들』L'especes d'espaces, 1974에서 새로운 만남을 실험했던 것처럼 말이지요. 그는 페이지에 단어들을 배열하여 씀으로써 어떠한 공간이 생성되는지, 그 공간에서 '우리'가 과연 만날 수 있는지를 탐구하고자 했습니다. 적어도 저는 그의 시도를 이렇게 해석합니다.

저 역시 하나의 '당신'인데 소개가 늦었네요. 보통 저는 이러한 방식으로 저를 소개합니다.

---

* 올가 토카르추크는 『방랑자들』최성은 옮김, 민음사, 2019에서 이렇게 쓴다. 귀퉁이에서 바라보는 것이란, 세상을 파편으로써 본다는 거라고. 전체를 만들어 묶고 다른 전체와 비교 가능한 온전함과 일관성 없이, 그저 스치는 순간들, 드러나자마자 곧장 흩어져버리는 일시적인 배열의 부스러기들로써 세상을 바라보기.

나[•]는 최리외^{••}입니다.

편지^{•••}와 낭독^{••••}을 좋아합니다.

• '나'라는 자아의 개념은 결코 단일하거나 명료하거나 고정되어 있지 않고 항상 불안하고 유동적이며 분열적이다. 이것이 '나'라는 단어에 대한 최리외의 생각이자 일라이 클레어가 「망명과 자긍심」전혜은·제이 옮김, 현실문화, 2020에서 써내려간 고뇌이자, 쓰시마 유코가 소설집 「나」유숙자 옮김, 문학과지성사, 2003에서 탐구한 내용이자, 클라리시 리스펙토르가 짧은 단편 「그곳으로 나는 간다」에서 은밀하게 드러낸 바이다. 최리외는 포르투갈 작가 페르난두 페소아가 쓴 「불안의 서」봄날의책, 2014의 배수아 번역본을 2014년 가을부터 2015년 여름까지 탐독하며 행간의 분열과 모순을 발견해내는 순간들에서 기쁨을 찾았다. 이 기간에 그가 남긴 기록이 궁금한 이들은 웹진 무구mugu.kr에 실린 「페소아 씨에게」연재를 참조할 수 있다.

•• '리외'라는 이름은 알베르 카뮈의 소설 「페스트」La Peste, 1947의 등장인물 이름이다. 프랑스어로는 'Rieux'라고 표기하며 한국어 번역서에서는 '리외'와 '리유'를 병용한다. 전염병에 휩싸인 도시에서 의사인 리외는 묵묵히 사람을 살린다.

••• 최리외는 좁은 방 안에 갇혀 있다는 생각이 들 때마다 편지를 썼다. 창을 열어도 바깥의 생동이 느껴지지 않을 때, 지금—여기에서 간절히 벗어나고 싶을 때, 그러나 물리적 대면이 가능한 관계들 안에서는 안온할 수 없을 것 같다고 느껴질 때마다. 편지는 누군가를 향해 쓰이는 지극히 개인적이고 내밀한 글이지만, 면밀히 살펴보면 편지에서 호명된 수신인이 반드시 그 편지를 읽어야 할 필요는 없다는 점에서 아이러니한 매체이다. 결국 편지를 통해 발화되는 것은 편지 쓰는 이의 내면과 정동이기 때문인데, 이에 관해서는 헬렌 크라우스가 쓴 「편지의 단상」핀드, 2042이 인용된 문예지 「토이박스」5호에 최리외가 기고한 글 「편지에 대한 편지」에 대한」을 참조하면 된다. 이 글은 최리외의 첫 책 「밤이 아닌데도 밤이 되는」에도 수록되어 있다. 최리외는

사랑을 탐구하고자 하는 이들이 평생 소장할 만한 책으로 『편지의 단상』을 꼽으며, 실제로 많은 글을 쓸 때 이 책의 도움을 받았다.

•••• 낭독은 흔히 묵독과 대비된다. 묵독은 홀로 고요하게 책을 읽는 행위이며, 낭독은 목소리를 내어 텍스트를 읽는 행위이다. 낭독자 앞에는 청자가 있을 수도 있고 없을 수도 있다. 낭독자는 라디오 방송을 송출하는 이와 마찬가지로 허공에 목소리를 발신한다. 누군가가 듣기를 바란다면 낭독 음성 파일을 녹음해 온라인 공간에 업로드할 수도 있지만, 낭독을 즐기는 사람이라면 혼자 방에서 여러 어조와 톤을 사용해가며 다채로운 방식으로 한 편의 글을 여러 번, 수없이 반복해 소리 내어 읽을 것이다. 더 마음이 내킨다면 텍스트와 어울리는 음악을 찾아내 선율 위에 목소리를 실어볼 수도 있다. 근대적 묵독이 광범위해지기 전에, 그보다 훨씬 더 이전에 낭독이 있었다.

위의 간단한 소개글에 한 문장을 더한다면 "목소리"가 지닌 가능성에 관심이 많습니다"라는 문장이 추가될 수 있을 것입니다. 이때 '목소리'는 직접적이기도 하고 은유적이기도 하지요.

• 최리외는 보는 것보다 듣는 것에, 보이는 것보다 들리는 것에 더 관심이 많다. 그는 '목소리'라는 단어가 포함된 문장을 발견하면 적어두는 습관이 있었다. 이를테면 사뮈엘 베케트가 쓴 『동반자』Company, 1979의 첫 문장. 혹은 존 버거가 쓴 『결혼식 가는 길』To the Wedding, 1995에 수록된, 늘 거기에 있어 눈을 피로하게 만드는 시각적 풍경과 달리 목소리는 멀리서 다가온다던 눈먼 초바나코스의 말. 혹은 천희란의 『자동 피아노』창비, 2019에 나타나는, 단 한 번만이라도 진실하고 싶어 하는 왕이 목소리를 듣는 장면.

여기까지 읽은 당신에게. 익숙한 이름이나 단어를 하나라도 발견했나요? 만약 당신이 익숙한 이름이나 글자를 발견했다면, 우리는 과연 연결될 수 있을까요? 만날 수 있을까요? 어쩌면 우리는 만나서 예닐곱 시간을 그 작가나 그 작품에 대한 이야기만으로 채울 수 있을지도 모를 텐데요. 마주 보는 대신 나란히 앉아서 눈을 들여다보지 않은 채, 한쪽 귓가에 들려오는 상대의 목소리에 귀 기울이며.

지금 저는 달리는 버스 안에서, 맨 뒤쪽 창가 좌석에 앉아 이 글을 쓰고 있습니다. 새벽부터 내리기 시작한 눈의 기세가 엄청나게 거세어져 대설주의보가 선포되고 '이동을 자제하라'라는 긴급 재난 안내 메시지가 지속적으로 전송되어 옵니다.•

• 최리외는 겨울을 가장 힘겨워하며 여름을 사랑하는 부류의 인간으로, '여름 예찬'이라는 제목의 글을 쓰기도 했다. 최리외에게 겨울은 죽음과 가장 가까운 계절이며, 여름은 만물이 생동하고 폭발하고 솟구치고 뻗어나가는 계절이다. 그러나 또한 최리외는 겨울을 다루거나 겨울을 배경으로 하는 작품, 작가에게 특유의 온도가 있다면 대체로 차가움에 가까운 이들의 작품도 즐겨 읽는다. 한강이 대표적이며, 사이토 마리코와 다와다 요코 또한 최리외가

사랑하는 작가들이다. 사랑하는 사람에게서 '백색공간'이라는 제목의 시가 포함된 시집을 선물 받은 날, 기쁨에 들떠 겨울 특유의 흰색에 가까워지고 싶다는 소망을 최초로 품기도 했다는 기록이 최리외의 일기장에 적혀 있다.

책상 앞에 앉아 고독을 벗 삼아 글을 쓰는 이*가 있고, 여기저기를 떠돌며 어딘가로 실려 가는 도중에 글을 쓰는 이가 있다면, 아마도 저는 후자에 속할 것입니다. 올가 토카르추크는 『방랑자들』*을 집필할 때 실제로 각지를 떠돌며 기차와 버스 안에서 글을 썼다고 합니다.**

• 최리외는 한 귀퉁이에 『방랑자들』의 구절이 적힌 노트를 외출할 때마다 들고 다녔다. 그는 스스로 기억하고 싶은 작품의 구절뿐만 아니라 자신이 닮고자 하는 작가의 글쓰기 방식까지 습관으로 만들기를 희망했다. 기차와 호텔, 대기실, 비행기의 접이식 테이블에서 글 쓰는 법을 익혔다던 토카르추크의 방식을 따라 하고자 했다. 이미 그 자신 역시 식탁 앞에서, 화장실에서, 박물관과 미술관의 계단에서, 벤치에서, 잠시 정차해둔 자동차 안에서 글을 쓰고 있음을 모르는 채.

* 캐럴라인 냅이나 수전 손택 등 많은 작가가 이러한 작가군에 속한다. 이들은 주로 사람들을 만나지 않는 시기를 정해두고 철저히 침잠하여 집중력을 발휘해 장시간 쓰기노동을 행하는 부류이다.
**올가 토카르추크는 소설을 가리켜 국경과 언어, 문화의 장벽을 뛰어넘는 심오한 소통과 공감의 수단이라고 말하기도 했다. '방랑자들'이라는 제목은 고대 러시아 정교의 한 교파인 '달리는 신도들'에서 착안했다고 알려져 있다. 이 교파는, 작가에 따르면, 온갖 악이 판치는 세상에서 가만히 있지 않고, 오직 끝없이 이동하고 움직이는 것만이 악을 쫓아내는 길이라고 믿었다.

저 멀리를 바라보는 눈동자들, 저마다의 이야기를 지닌 채 떠나고 표류하고 유랑하는 이들의 이야기는 언제나 제 마음을 사로잡습니다. 무언가로부터 도망치는 사람들, 움직이고 이동하여 지금 — 여기를 벗어나 이전과 다른 곳에 도달하려는 사람들도 마찬가지이지요. 이때의 '움직임'은 물리적인 이동만을 뜻하진 않습니다. 당신은 어떤가요? 어떤 이야기를 좋아하나요?

『여기, 우리가 만나는 곳』강수정 옮김, 열화당, 2006 또한 존 버거가 '나'라는 화자를 내세워 사랑하는 이들을 만나러 가는 여정을 담고 있습니다. 존 버거 자신과 이름, 나이, 배경이 같기에 어디서부터 픽션이고 어디서부터 아닌지 구분되지 않죠.•

• 이 글의 초고에는 다음과 같은 문장이 뒤이어 쓰여 있었으나, 수정 과정에서 사라졌다. "저는 이를테면 그러한 작품을 좋아합니다. 상상의 산물과 현실이 구분되지 않는 글, 언어가 무언가를 명확히 지시하지 못하고 자꾸만 미끄러지고 맴도는, 이식된 외국어처럼 이질적이고 일그러진 글, 토해진 글, 신음하는 글, 파편적인 글, 욕망과 히스테리와 꿈과 실제가 뒤얽힌 글."

『여기, 우리가 만나는 곳』에서 '나'는 리스본, 제네바,

크라쿠프, 아일링턴, 마드리드 등 유럽의 여러 도시를 다니며 누군가를 떠올리고, 만나고, 대화를 나눕니다. 그들은 모두 죽은 이들입니다. 세상을 떠난 어머니, 옛 스승, 친구, 애인, 이름 모를 선사시대 예술가까지 '나'가 만나지 못하는 사람은 없습니다. '나'는 언제나 불안하고 유동적이며 분열적이기에, '나'가 만날 수 있는 존재 역시 무한합니다.

제가 좋아하는 작가 중 한 명인 다와다 요코는 『영혼 없는 작가』최윤영 옮김, 을유문화사, 2011에서 농부와 선원을 대표적인 '이야기꾼'으로 꼽는 벤야민의 글을 인용하며 다음과 같이 쓰기도 했습니다.

"뱃사람보다 더 멀리 여행하고 가장 나이 많은 농부보다도 같은 장소에 더 오래 사는 사람들이 있다. 바로 죽은 사람들이다. 그래서 죽은 사람들보다 더 재미난 이야기꾼들은 없다."

살아온 배경도 역사도 언어도 모두 다른데, 존 버거와 다와다 요코는 죽은 이들에 관해서는 실낱같은 유사성을 지닌 듯합니다. 그렇게 제멋대로 여겨도 될까요?

자, 이것이 저의 레퍼런스입니다. 탈주하고, 무의미하며, 분열하는 글쓰기.

그러나 동시에 다정하며, 사랑을 — 그것이 죽음과 닿아 있더라도 — 말하는 글쓰기.

고독한 목소리의 중얼거림.

발화함으로써 증언이 되는 기억, 고통, 그리고 사랑.

발화되지 않은 채 내내 누군가의 입술 언저리에 묻어 있는 기억 밑의 기억들.

아니 에르노가 말한 '최후의 참호'*와도 같은 발화.

이 모든 것이 지나치게 추상적이고 모호하며 파편적이라 도통 무슨 이야길 하려는지 모르겠다고 생각하실 수도 있겠습니다. 어쩌면 저는 바로 그것을 의도했을지 모릅니다. 실은 무엇도 의도하지 않았고, 그저 제가 사랑해온 작가들과 문장들을 빌려와 다시 쓰며 행복해했

---

* 다큐멘터리 감독 미셸 포르트와 진행한 인터뷰에서 아니 에르노는 이렇게 말한다. 누군가 자신을 최후의 참호로 내몬다면, 역설적이게도 그곳에서 스스로의 존재를 가장 잘 느낄 수 있다고. 바로 그곳, 자신만의 진정한 장소가 글쓰기라고. —아니 에르노, 미셸 포르트 『진정한 장소』신유진 옮김, 1984Books, 2022 참고.

을 따름입니다만.

혹여 당신이 '(규정된/고정된/갇힌) 의미'로부터 탈출하는 글을 알고 있다면, 그런 글을 읽고 있다면, 좋아한다면, 제게도 들려주세요. 당신의 연락을 기다립니다. 저는 당신에 관해 그 무엇도 알지 못하며, 다만 이 글을 읽고 있다는 정보만 겨우 접했을 따름이므로. 우리가 어느 글의 구석에서, 모서리에서, 귀퉁이에서, 작게 추가된 각주들 틈에서 만날 수 있다면 좋겠습니다.

나는 무엇을 말하고 있는가? 나는 사랑을 말한다. 그리고 사랑의 모서리에는, 우리가 있다.

—클라리시 리스펙토르, 「나는 그곳으로 간다」 중에서

편지에 대한 편지,에 대한

인형, 말간 겨울 아침입니다. 당신에게 편지를 쓰는 아침이 오랜만입니다. 모든 글은 독자를 상정하고 쓰인다지만, 편지는 단 한 명의 독자만을 예감하며 쓰이지요. 구체적이고 정확한 수신자를 상정하고 쓰는 글이라는 점에서 편지는 유일무이한 글쓰기이기도 합니다.

당신을 떠올립니다. 희고 둥근 얼굴. 웃으면 샐쭉해지는 눈동자. 당신은 꼭 이런 날 떠났습니다. 온통 검은 옷을 입은 사람들 틈에서 홀로 흰옷을 입은 당신의 흰 얼굴을 보았습니다.

오랜만에 새로운 책을 번역했어요. 『편지의 단상』*A Letter's Discourse: Fragments*이라는 철학서로, 저명한 기호학자인 헬렌 크라우스Helen Krauss가 쓴 책이에요. 편지에 관한 철학적 단상이 집약된 최초의 도서로 널리 알려져 있는데, 우리의 모국어로는 뒤늦게 번역된 셈이에요. 당신에게 몇 개의 구절을 들려주고 싶어요. 우리가 함께 읽은 롤랑 바르트의 책 기억해요? 헬렌 크라우스는 롤랑 바르트의 제자이기도 하거든요.

시차에 대한 사랑

시차 TIME DEVIATION. 편지의 본질은 시차다. 대면하지 않기에 상상의 여지와 오해의 여지가 동시에 발생하는 일탈적 매체. 편지는 결코 개별적 주체 간의 대화가 아니며, 리얼리티가 아닌 해석의 산물이다.

사랑이 언어의 역사와 함께 시작되었다면, 편지는 사랑의 역사와 함께 시작되었다. 사랑의 담론이 지극히 외로운 처지에 있다는 사실을 인식한 데서 비롯된다면, 편지의 담론 또한 지극히 외로운 처지에 있다는 사실을 인식한 데서 비롯된다. 편지는 사랑하는 이, 그러나 부재하는 이를 향해, 부재를 인식하며 표명되는 사랑의 담론이다.

　당신이 이 편지를 열어볼 때쯤이면 나는 이 편지를 쓰고 있는 나와는 다른 사람이 되어 있을지도 몰라요. 어쩌면 계절이 변할 수도 있을까요? 어떤 마음은 닿는 데 너무 오래 걸립니다. 당신은 멀리 있고, 나와 당신은 만날 수 없는 상황에 놓여 있으니까요. '대면'이라니, 당신과 얼굴을 마주하지 않은 지 너무나 오래되었네요. 그러나 아이러니하게도 편지는 바로 이런 순간에 쓰입니다. 거리 — 감이 없다면, 편지는 쓰일 수 없을 테지요.
　시차라는 개념을 번역하다 'deviation'이라는 단어 앞에 멈추었던 기억이 나요. 이 단어에는 일탈, 탈선, 혹은 편차라는 뜻도 담겨 있거든요. 그러니 계획되지 않은 것, 용인되지 않은 것, 정도를 벗어난 것, 닿고자 했으나 닿지 못한 것들이 어쩌면 편지 안에 담기는지도 몰라요.

당신을 마주한 채로는 말하지 못하는, 그래서 시간을 두고서야 간신히 발화되는 것. 우리가 동시에 존재하는 현실 안에서 묘사되는 정황이 아니라, 오롯이 내 안에 남겨진 기억과 잔상과 해석들. 편지는 그래서 부재의 가장 또렷한 상징이 됩니다. 헬렌 크라우스도 그렇게 적고 있어요. 당신에게 책을 보내줄 수 있다면 좋을 텐데. 28페이지에 나와 있거든요.

일본의 유명한 만화가이자 작가 사노 요코가 자신의 절친한 친구이던 최정호에게 보낸 실제 편지들을 엮은 『친애하는 미스터 최』요시카와 나기 옮김, 남해의봄날, 2019, 미국의 대표적인 흑인 여성 작가 앨리스 워커의 편지만으로 구성된 소설 『컬러 퍼플』고정아 옮김, 문학동네, 2020, 당신에게도 선물한 적 있는 존 버거의 소설 『A가 X에게』김현우 옮김, 열화당, 2009 모두 편지의 보편적인 속성을 담고 있어요. 같은 곳에 존재할 수 없는 대상을 향해 시차를 두고 건네지는 목소리. 나는 편지로 쓰인 모든 글을 읽고 싶다는 욕망을 오래 품어왔는데, 이렇게 편지에 관한 모든 것을 집대성한 책을 번역할 수 있게 되었다니 참 신기하지요?

자발적으로 고립되기

고립 ISOLATION. 편지는 소통의 매체가 아니다. 소통하고자 하는 이는 즉자적인 만남을 욕망한다. 목소리를 듣고 대화를 나누고자 전화를 걸거나, 얼굴을 보고 또 만지기 위해 마주 앉는다. 그러나 편지 쓰는 사람은 고립을, 격리를 추구한다. 대답 없음의 상태를 지향한다. 말하는 자들의 대열에 자발적으로 합류하지 않는다.

1. 편지 쓰는 사람은 즉시 응답받기를 바라지 않는다. 즉시 응답받고자 했다면 편지를 쓰지 않았을 것이다. '나'의 말, '나'의 담론이 허공을 떠돌도록 내버려둔다. '나'는 고뇌의 소용돌이 속에 홀로 잠겨 있다. 도착을, 귀가를, 약속된 신호를 기대하지 않은 채, 그럼에도 엄숙한 자세로 자발적으로 고립된다.

2. 롤랑 바르트는 작곡가 쇤베르크의 모노드라마 「기다림」 Erwartung을 인용하며 한 여인이 밤마다 숲속에서 연인을 기다리는 장면을 서술한다. 그러나 바르트의 묘사는 사랑하는 이의 전화를 기다리는 모습으로 수렴한다. 편지 쓰는 이는 결코 전화를 걸

지도, 기다리지도 않는다. 전화는 오히려 끔찍하다. 목소리를 귀로 듣게 되는 순간, 편지 쓰는 이의 입술은 굳게 닫히고 말 것이다.

편지만큼 고립된 글이 또 있을까요? 편지를 쓰기 위해서는 누구도, 무엇도 대면하지 않아야 한다는 것을 당신도 알고 있겠지요. 수화기를 내려놓아야 하고, 어떤 얼굴도 마주하지 않아야 하지요. 누구의 눈동자도, 말하는 입술도, 편지를 쓰는 내겐 방해가 될 뿐이에요. 모든 것의 부재 속에서, 비로소 편지는 쓰이기 시작합니다. 고요한 공백의 질서 속에서.

나는 언제나 전화보다 메시지를, 만남보다 편지를 더 좋아했어요. 전화벨이 울리면 약간의 공포와 당혹감 속에서 수화기를 받아 들곤 했지요. 목소리를 귀로만 듣는 것은 정말이지 무시무시한 일이에요. 사랑을 말하는 이의 목소리 뒤에 고통으로 일그러지고 슬픔으로 무너져 내리는 얼굴이 있을지도 모르고, 나는 그것을 볼 수 없으니까요. 테이블 앞에 마주 앉은 얼굴의 목소리와 톤과 뉘앙스와 온갖 상투적인 말들에 더해 모든 비언어적 움직임을 실시간으로 해독해야 하는 만남은 또 얼마나 두려운 일인가요. 처음 만난 사람에게 아무런 힘 들이지 않고 자신의 이야기를 늘어놓는 사람을 보면 언제나 경탄하고, 또 충격을 받곤 했습니다. 나는 언제나 약속이 취소되면 은밀히 기뻐하는 유형의 사람이었으니까요. 당신과는 이제 어떠한 약속도 마련할 수 없지만.

인형, 내가 편지를 사랑하는 수많은 이유 중 하나는 지금, 여기에서 말을 건넬 수 있는 사람이 없기 때문이기도 합니다. 나는 아주 오랫동안 많은 이에게 손으로 편지를 썼는데, 가장 편안해야 할 집 안에서 가장 유폐되어 있는 것 같았기 때문이에요. 가족에게는 하고 싶은 일에 대해서도, 내가 사랑하는 사람들에 대해서도, 아무것도 말할 수가 없었어요. 비난할까봐, 소리를 지를까봐, 나를 때릴까봐, 끝까지 듣지 않고 멋대로 판단하고 재단하고 내 삶을 송두리째 임시적인 것으로 취급할까봐 끔찍하게 무서웠어요. 그들에게 말하는 대신 나는 지금, 여기에 없는 이들에게 편지를 쓰기 시작했습니다. 만날 수 없고, 만질 수 없고, 당장 닿을 수 없어도 내게도 목소리가 있다는 것을 아는 이들에게. 그들은 죽은 사람이기도 했고, 내가 읽은 책 속에 등장하는 인물이기도 했습니다. 그들은 모두 나의 연인들입니다. 나는 사랑하지 않는 이에게는 편지를 쓰지 않으니까요.

사랑하는 이의 모순. 사랑하는 이의 아이러니. 사랑을 말하지만, 사랑을 향해 쓰지만, 거리가 있어야 비로소 완성되는 사랑도 있다는 것. 편지는 내게 그 숙명과도 같은 진실을 알려줍니다. 나는 당신의 부재를 느끼며, 그 부재를 천천히 통과하며 편지를 씁니다.

당신의 어머니를, 당신의 언니를, 당신의 동생을 만났던 날을 기억합니다. 샤갈의 그림이 그려진 엽서에 당신을 향한 편지를 쓰고(단언컨대 샤갈은 사랑을 그린 화가예요), 당신이 좋아하던 분홍빛 수국 다발을 들고 당신이 누운 자리를 찾아간 날이었지요. 흰 커튼을 조심스레 젖히니 흰 얼굴이 나타났어요. 편지는 나중에 읽으라고, 짐짓 부끄러워하며 당신 머리맡에 꽃다발과 함께 놓아두었지요.(헬렌 크라우스도 편지는 만남의 자리에서 즉시 읽혀선 안 된다고 적었어요. 그것이 편지의 시차성, 윤리성을 훼방한다고 말이에요.)

당신이 단것을 먹을 수 없다기에 주스나 초콜릿은 가져가지 않았어요. 당신은 머리숱이 많았는데, 얼마 전모두 잘라냈다며 웃었어요. 당신 발치에 앉은 당신의 어머니는 끊임없이 중얼거리며 기도를 하고 있었습니다. 내게도 종교가 있느냐고, 함께 기도하겠느냐고 권유하는 어머니에게 핀잔을 주며 당신은 멋쩍게 웃었지요. 샐쭉해진 당신 눈동자를 바라보며 나도 따라 웃었습니다. 달리 다른 표정을 지을 수 없어서였습니다.

당신의 꿈은 하늘을 나는 것이었어요. 당신은 독일어를 공부했고, 독일 항공사에 승무원으로 취직하기 위해 준비하고 있었지요. 당신과 나는 독일의 수도, 베를린 시내 한복판에서 이방인이 아니라 그곳에 오래 산 주민들처럼 포옹하고, 케밥을 먹고, 지상철을 타고, 정수기 필터를 거쳤는데도 석회가 많아 뿌연 물을 마시고, 잡화점에서 값싼 핸드크림을 사고, 무지갯빛 베개를 함께 베고 누워 낮잠을 잤지요. 그 시절 우리는 우리에게 아무

일이 일어나지 않을 줄 알았습니다. 당신과 함께 하늘을 날고 싶었던 나는 독일어로 승객에게 말을 건네는 일이 아니라 독일어와 한국어를 오가며, 영어와 한국어를 오가며 책상 앞에서 번역하는 일을 하게 되었어요. 많은 일이 일어났고 많은 것이 달라졌지요. 내내 안온할 것 같던 일상이 얼마나 빠르게 무너질 수 있는지 우리는 영영, 결코 알 수 없을 것입니다.

함께 현대독일미학 수업을 듣던 그해에는 바다에서 승객을 가득 태운 배가 침몰했고, 얼마 뒤 나는 수업공지란에 글을 썼습니다. 더 알고, 더 모이고, 더 목소리를 내기 위해 모여 공부하자고. 돌아보면 절박한 마음이었던 것 같습니다. 얼굴도, 학번도, 전공도 모두 다른 사람들 예닐곱 명이 모였습니다. 우리는 잔디밭에서, 테이블과 의자가 한 몸체로 만들어진 곳에 앉아 어려운 책을 함께 읽고 각자의 최선을 다해 입을 열어 이야기를 나누었지요. 그 시절이 전생처럼 아득합니다. 그 계절은 여름이었고, 당신이 떠난 것은 겨울입니다. 책을 함께 읽던 동료들도 뿔뿔이 흩어졌습니다. 그들은 모두 어디로

갔을까요? 세상이 이토록 부재로 가득한데, 편지는 왜 점점 더 희귀해질까요?

너, 그대, 당신

당신 YOU. '당신'의 고대어는 'thou'이다. 영어의 기원이 되는 유라시아어의 조상어인 르완다어에 따르면, taho(집)와 u(너)의 합성어로서 '집 안의 너', 즉 '친근한 너'를 뜻한다. 그러나 편지 쓰는 이에게 '당신'은 집에 있지 않다. 당신이라는 단어는 호명을 위한 기호로만 작동한다.

1. 너, 그대, 당신. 편지 쓰는 이는 2인칭을 사용하지만 정작 편지에는 1인칭 '나'의 이야기로 가득하다. 수신인을 필요로 하지만 '그 사람', 즉 당신이 수신인이 아니어도 상관없는 이야기가 편지에 적힌다. 편지는 영원한 독백이다.

2. 폐허가 된 2인칭이 얇은 종이 너머에서 기다리고, 육중한 1인칭의 자아가 편지에 투사된다.

3. 프란츠 카프카가 생애 마지막 연인 밀레나 예젠스카에게 쓴 편지를 모은 『밀레나에게 보내는 편지』Briefe an Milena, 1952에는 자신의 일상에 관한 내용이 가득하다. 카프카는 노트 열다섯 권 분량의 일기장을 전부 넘겨줄 정도로 밀레나와 깊은 사이였으나, 정작 편지에는 두 사람의 관계 자체에 관한 서술보다는 내면의 정동이나 정념이 두서없이 적혀 있다. 물론 당시 체코 사회의 면모나 문화계의 정황 등 역사적인 사료로 삼을 수 있는 요소들이 포함되어 있으나 주를 이루는 것은 카프카 개인의 일상과 상념들이다. 결국 편지 쓰는 이는 자신이 하고 싶은 이야기를 하기 위해 편지라는 장소를 경유할 뿐이다. 편지야말로 지극히 나, 1인칭에서 출발하는 장르인 셈이다.

인형, 나는 이 편지를 다시 읽지 않을 거예요. 다른 무수한 편지에서와 마찬가지로 마지막 문장을, 종이의 끝자락이 얼마 남지 않았다는 어렴풋한 불안 속에서 짐짓 서둘러 끝마치게 될 것이고, 그러고 나서야 편지의 의미를 해독할 수 있게 될 것이므로.

너, 당신, 인형아. 눈 맞추며 이렇게 부르던 나날이 끝났기에 나는 영원한 독백을 당신에게 적습니다. 부칠 수 없는 편지를 씁니다. 얼마 전에는 당신의 메신저 사진이 바뀌어 있는 것을 보았습니다. 당신이 환하게 웃는 얼굴이 찍힌 사진이, 당신이 좋아했을 법하지 않은 어느 애니메이션 캐릭터 사진으로 바뀌어 있었지요. 그 옆에는 이 문구가 쓰여 있었습니다. "자, 다시 새로운 시작!" 그 문구를 읽고 얼마나 울었는지 모르겠습니다.

자신이 무엇을 쓰게 될 것임을 미리 아는 채로 글쓰기를 시작하는 이는 아무도 없다는 전제하에, 편지 쓰는 이는 작가이다,라고 헬렌 크라우스는 적었습니다. "작가는 자신이 쓰는 것을 결국에는 장악할 수 없을 것이며 바로 그렇기에 글은 독자적으로 존재한다"고 말이에요. 그 문장에 밑줄을 그었어요. 편지지 위에는 예감 없이 도래하는 것들이 적히기 마련이에요. 비참하리만큼 끈질긴 자기연민 같은 것, 편지 쓰는 이 자신도 미처 깨닫지 못했던 내면의 지극한 사랑 같은 것, 소망 같은 것, 무의식 같은 것, 마지막 줄에 이르면 윤곽이 서서히 드러날지도 모를 무한한 그리움 같은 것.

인형, 우리는 무언가를 보고, 그 이후에 인식합니다. 무언가를 듣고, 그 이후에 음소를 정렬하여 의미를 파악하고 부여하지요. 편지도 마찬가지예요. 우리는 편지를 다 쓰고 나서야 알게 되지요. 사실 모든 편지에는 또렷한 주제가 없으며, 누구에게로 수신되어도 상관없었다는 사실을.

다 쓰고 나니 인형, 나는 당신에게 편지를 쓴 것이 아니라 편지에게 편지를 쓴 것만 같습니다. 어차피 이 편지는 평생 부칠 수 없을 테니, 그래도 괜찮겠지요. 편지는 퇴고하지 않아도 되는 독특한 글이잖아요. 이 문장을 읽는다면 당신은 샐쭉해진 눈동자로 웃을 것임을 알아요. 당신의 희고 둥근, 웃는 얼굴이 그리워요.

> 그러므로 편지 위에서
> 중얼거리는 사람은
> 돌이킬 수 없이 사랑하는 사람이다.
>
> ─ 헬렌 크라우스, 『편지의 단상』에서

- 헬렌 크라우스는 필명으로, '헬렌'이라는 이름은 『채링크로스 84번지』*84, Charing Cross Road*, 2005의 저자 '헬렌 한프'에게서, '크라우스'라는 성은 『사랑의 역사』*The History of Love*, 2005를 쓴 '니콜 크라우스'에게서 따왔다. 헬렌 한프는 평생 미국 뉴욕에서 무명의 작가로 무언가를 계속해서 쓰면서 살아갔고 끊임없이 독서하는 열정을 지닌 인물이었으며, 그가 도서를 주문하던 영국 런던의 중고서점 주인과 20년간 나눈 실제 편지 묶음을 모아 출간된 『채링크로스 84번지』는 그의 사후에 출간된 유일한 저서이다. 한편, 니콜 크라우스는 『사랑의 역사』로 널리 알려진 미국 유대계 작가이다. 이 책은 한 사람에게서 다른 사람으로 이어지는, 우연과 순간의 연속으로 끊임없이 번역되며 확장되는 사랑의 이야기이다.
『편지의 단상』은 헬렌 크라우스의 대표 저서이자, 프랑스 작가이자 기호학자인 롤랑 바르트의 『사랑의 단상』*Fragments d'un discours amoureux*, 1977을 오마주한 작품으로 알려져 있다. 『편지의 단상』은 2042년 12월 1일 초판 출간된다.
- • 편지의 수신인인 인형은 2017년 겨울, 암으로 세상을 떠났다.

처음이 지나면

처음,이 언제였나요.

 매력적인 질문이다. 무언가의, 누군가의 기원을 궁금해하는 일. 담배를 함께 피우는 사람에게는 거의 항상 이 질문을 한다. 나와 비슷한 이유를 가지고 있는지 가늠해보는 일은 늘 흥미롭다. 친구가 권해서, 맛이 궁금해서, 그냥 힘들어서 등등 다채로우면서도 비슷비슷한 답을 대개는 듣곤 한다. 누군가 묻는다면 나는 이렇게 답할 것이다. 담배 피우는 친구들은 왠지 비밀스러운 이야기를 할 것 같아서, 나도 그 이야기를 듣고 싶어서요.

*

나도 한 대 피워봐도 돼?

리자는 담배를 말다 말고 고개를 든다. 의아한 눈길이
잠시 스치더니 이내 눈동자에 싱긋 웃음이 서린다. 뭐라
고? 이걸 피워서 뭐 하게, 건강에 좋지도 않은데. 옆에서
이딜도 거든다. 됐어, 피우지 마. 나도 너희랑 같이 담배
피우면서 얘기하고 싶단 말이야. 리자와 이딜이 동시에
와르르 웃음을 터뜨린다. 우리 별 이야기 안 하는걸! 나
는 고집을 부린다. 정사각형에 가까운 창문으로 초겨울
공기가 새어들고, 바람이 이따금 식식 소리를 내며 유리
를 두드린다. 우리는 정사각형에 가까운 테이블 앞에 옹
기종기 앉아 있다. 나는 겉옷을 주섬주섬 챙겨 입는다.
지금 나갈 거지? 나도 같이 나갈래. 한 대만 줘봐. 알았
어, 그럼 딱 한 대만이야.

독일의 가장 북쪽, 덴마크와 국경을 맞댄 소도시 플렌
스부르크의 대학 기숙사에서, 아니 기숙사에서는 사람
걸음으로 꽤 오래 걸리는 리자의 방에서 우리 셋은 함

께 터덜터덜 나온다. 튀르키예에서 온 이딜은 호리호리하고 길쭉하며 타고난 곱슬머리를 더욱 부풀려서 등 뒤로 넘겨 풀어헤치고 다니는 목소리 우렁찬 동갑내기, 리자는 우리보다 두어 살 어리고 가장 진중한, 상상할 수 있는 모든 무례와 가장 거리가 먼, 실처럼 가느다란 금발머리를 늘 억세게 묶어 올리는 핀란드인이다. 우리는 띄엄띄엄 간단한 영어로 대화하고 서로의 말을 어렴풋이 이해하며 많은 경우 알아듣지 못하지만 대강 웃어넘긴다.

리자가 내게 담배를 건넨다. 익숙한 손길이 말아낸 얇은 종이 안쪽으로 부숭한 담뱃잎이 담겨 있다. 나는 많은 순간에 그렇듯 아무렇지 않은 척하지만 심장이 터질 듯 들뜬다. 첫 담배, 나의 처음. 나는 필터 쪽을 가만히 입으로 물고 있다. 침 때문에 담배가 축축해지면 어쩌지, 불쑥 걱정이 든다. 조심스레 라이터를 가까이 대주던 이딜이 와르르 웃는다. 숨을 들이마셔야 해. 그래야 불이 붙지. 나는 훅 숨을 들이마신다. 알 수 없는 맵고 묵직한 공기가 목으로 넘어온다. 얼굴이 벌게질 때까지 캑캑거린다. 괜찮아? 물으면서도 두 쌍의 눈동자는 웃고 있다. 기침 소리와 웃음소리가 초겨울 공기 속에 뒤섞인다.

*

몹시도 다른 사람이 되고 싶던 시절이었다. '내게 익숙한 나'가 아니라 '완전히 달라진 나'로 살아보고 싶었다. 가까스로 그렇게 보이기만 하더라도, 그러니까 지극히 피상적인 수준의 변화일지라도 아무거나 감행하고 싶었다. 가장 궁금했던 나라에 가기 위해 여러 아르바이트를 전전하며 생활비를 모았고, 마침내 독일에서 일 년을 머물던 시절, 나는 금방이라도 고물상에 넘겨야 할 것처럼 생긴 자전거를 타면서 한 손으로 유유히 담배를 피우기 시작했고, 하루에 술을 거하게 세 차례나 마신 뒤 담배를 끊임없이 피우는 이딜 곁에서 함께 연기를 뿜으며 스트립 댄스를 구경했고, 새벽녘엔 창문을 활짝 열고 찬 바람을 향해 의식을 치르듯 담배 한 대를 태운 다음 향초를 켜고 물을 데우며 매일 아침을 시작했다.

할 수 있는 가장 진한 화장을 하고 어둑한 댄스클럽 플로어에서 두 팔 들고 플랫메이트 언니와 환호성 지르며 한껏 춤추다 더 어둑한 흡연실에서 담배를 피웠고(흡연실이라는 공간은 국가와 지역을 불문하고 어디든 대개 비슷한 듯하다), 네온 불빛을 향해 목을 꺾고 바닥에 진동이 일 만큼 울리는 음악을 느끼며 감은 눈가에 오색 폭죽이 팡팡 터지는 것을 보았고, 어딘가 마비된 듯한 상태로 동이 틀 때까지 버텼다. 눈이 진한 남자가 나더러 애인 있냐고 물어봤을 때 답 대신 미소와 뒤통수를 보였고, 라이터가 없어 탁자 위에 놓인 촛불에 대고 무턱대고 불을 붙였고, 한식당에서 클럽음악 크게 틀어둔 채 귀찌 걸고 망사 스타킹을 신고서 서빙하다 손님 없는 때를 틈타 테라스 테이블에서 줄담배를 태웠고, '엄청 놀아본 애 같다'는 말을 밥 먹듯 들었다.(그 뒤로 수년이 흘러 학교의 강의실 건물 앞에서 담배를 피우는 나더러 누군가 "너무 모범생 같아 보이셔서 담배 피우실지 몰랐어요"라는 말을 했는데, 피식 웃음이 났다. 한 사람의 이미지란 얼마나 임의적이고 유동적인지.)

그렇게 멀리까지 와서, 기존의 모든 관계와 어느 정도
는 단절된 채, 고작 그 정도의 일탈을 누리면서 나는 멋
대로 행복하고 선명하게 자유로웠다. 터무니없이 비장
하고 우스울 만큼 시시한, 그 순간 안에 있으면서도 그
순간을 이미 그리워하는, 아련한 냄새가 코끝에 머물던
시절. 그 한가운데에 담배가 있었다.

*

바꾸셨나봐요.

집 앞 편의점에서 말보로 비스타 포레스트 한 갑 주
세요, 했더니 주인장이 이렇게 말한다. 풍채가 크고 어
깨는 단단히 벌어져 있으며 늘 까만 작업복용 조끼를 입
고 있는 그는 어서 오세요오, 큰 소리로 외치는 목소리
로 내게 각인된 사람이고 평소에는 딱히 눈을 마주치지
도 않으며 그가 뒤돌아 담배를 꺼내는 동안 이미 카드를
꺼내 결제할 준비를 하는 나와는 주고받을 대화가 있을
리 만무한 타인이다. 이삼 일에 한 번씩 얼굴을 마주하

면서 어서 오세요오, 예에, 사천오백 원입니다아, 감사
합니다아, 안녕히 가세요오,를 기계적일 만큼 똑같은 톤
으로 외치는 매번의 멘트가 아닌 문장을 들은 것이 처음
이었고 그래서 그 말을 듣자마자 나는 과할 정도로 흠칫
놀란다. 아아 네, 얼마 전에 친구한테 한 대 받아서 피워
봤는데 괜찮아서 바꿨어요, 손가락에 냄새도 덜 배는 것
같더라고요. 나는 짐짓 쾌활하게 답한다. 이어서 예에,
감사합니다아, 안녕히 가세요오, 멘트가 나올 줄 알았는
데 그의 입에서 갑자기, 정말로 갑자기, 이야기가 흘러
나온다.

　원래 뭐 피우셨더라, 아, 메비우스 옐로우 슈퍼슬림이
었죠? 이름도 잘 안 외워지는 거, 맞죠. (맞아요.) 사실
저도 엄청 많이 피우던 사람이거든요. (아, 그러셨군요.)
하루에 한 갑씩은 꼬박꼬박 피운 것 같아요. 당연히 더
많이 피운 적도 많고요. (와, 꽤 많이 피우셨구나.) 그런
데 어느 날 있잖아요, 평소처럼 담배를 피우고 있는데
갑자기 가슴이 턱 막힐 것 같은 거예요. (세상에.) 그냥
우리 다 아는, 명치께 좀 뻐근한 그거 말고, 진짜 거짓말

안 하고 턱, 하고 막히는 거. (아이고.) 와, 덜컥 무섭더라고요. 그 이후로 딱! 끊었어요. (진짜요?) 벌써 언제야, 한 삼 년 됐나. 진짜로 그날 뒤로는 딱 한 대도 안 피웠어요. 대단하세요. 계산대 앞에 어정쩡하게 서 있던 나는 자세를 고치고서야 제대로 말한다.

근데 있잖아요, 그는 말을 잇는다. 거짓말 안 하고 진짜 매일매일 생각나요. 매일매일 피우고 싶어요. 맨날 이렇게 담배 팔면서, 등 뒤에 이렇게 담배 종류별로 쫙 늘어놓고 있으면요, 가끔씩 누가 피우는 담배 냄새 맡으면요, 얼마나 피우고 싶은지 몰라요. 그냥 참는 거예요.

담배를 끊은 사람에게서 건강을 위했다는 자부심이나 스스로의 의지를 흐뭇해하는 태도라곤 전혀 없이, 오직 담배를 향한 열망만을 이렇게까지 절절하게 드러낸 사람은 처음이라 나는 적잖이 당황했다. 아니, 반가웠다. 가슴이 턱, 막히는 순간이 내게도 찾아온다면 어떤 두려움에 사로잡혀 나 역시 담배를 끊을지도 모르겠으나 인간은 무엇에든 한 번쯤은 적절히 중독되는 게 필요하지 않은가, 아직은 철없이 자문한다.

"담배가 없는 삶은 살 가치가 없다"라는 사르트르의 말을 무려 띠지에 붉은색으로 인쇄한 담배 관련 종합 비평서 『담배는 숭고하다』허창수 옮김, 페이퍼로드, 2015에서 리처드 클라인 역시 담배의 매력을 절절히 역설한다. 그는 건강에 좋다고 하면 담배를 피울 사람은 거의 없을 거라며, 오히려 칸트의 '숭고' 개념을 담배로 끌어와 부정적 경험을 통해 심리적 만족을 느끼고자 하는 인간의 욕망을 탐구한다.

담배가 많은 이들에게(대략 인류의 8분의 1 정도 된다고 한다) 쾌락을 안겨주며 심지어는 유익할 수도 있다는 사실을 이렇게 방대한 분량으로 진중하게 써내려간 클라인 역시 담배를 끊고 싶다는 절박한 마음에서 이 책을 쓰기 시작했다고 고백한다. 무책임하고 어리석으며 동시에 재미있고 해방감을 줄 수도 있는 하나의 문화 양식이 담배라는 '문화비평'이자 '정치적인' 주장에 웃음 흘리며 동의할 수밖에.

완연한 삼십 대가 되면서 슬슬 건강을 챙기기 시작해 크로스핏이며 요가며 수영이며 하나씩 운동을 붙드는 친구들이 생긴다. 나 역시 한때 필라테스 수업이나 헬스장에서의 고역과도 같은 사십오 분을 마치고 나서 상쾌한 기분으로 담배를 피웠고, 요즘은 아는 사람의 아는 사람끼리 열댓 명이서 한 달에 한두 번 모여 두 시간쯤 풋살을 하고 나서 땀 뻘뻘 흘리며 담배를 태운다. 석사생이던 시절에는 연구실에 처박힌 동기들과 함께 담배를 피우면서 이따금 되도 않는 스쿼트 자세를 취하기도 했다. 건강을 챙기겠답시고 운동하고선 담배를 피운다니, 명백한 모순에 와르르 웃다가 조금 더 극악한 모순들을 떠올려본다. 가령 사랑니를 뽑거나 충치 신경치료를 받은 뒤 치과를 나서자마자 담배를 피운다던가 하는. 아마 모든 흡연자가 그러하듯 눈 흘기며 담배 좀 줄이라거나 끊으라고 말하는 친구들이 내게도 있는데, "인간은 누구나 중독될 것이 하나쯤 필요하잖아" 하고 영화 「보헤미안 랩소디」브라이언 싱어 연출, 2018 속 프레디의 대사를 변주해 읊으면 그들은 곧장 고개를 내저으며 쟤는 글렀군, 표정을 드러낸다.

어리석고 무책임한, 행위라고 보기에도 어려운 흡연

을 지속하는 일. 그것은 나의 최초의 일탈, 언제 돌이켜 봐도 과도하게 폐쇄적이었던 부모의 집에서 벗어나 아주 멀리 달음질쳐 처음으로 누렸던 매캐한 자유의 맛을 머금고 싶다는 욕망일 터다. 어느덧 까마득해진 독일에서의 시절을 되새길 수 있는 거의 유일한 매개이기도 해서, 대체로 가을 무렵, 공기에 서늘함이 깃들고 저녁에는 절로 겉옷을 여미는 추위가 느껴지면 담배 연기와 더불어 그 시절의 기억이 가슴속으로 끝없이 불어 들어오곤 한다.

독일에서 내가 피운 첫 담배는 팔말, 그다음은 체스터필드였다.

*

처음이 지나면, 순식간에 시간이 흐른다.

리자와 이딜은 담배를 피우면서 비밀스러운 이야기를 하지 않는구나, 나는 금세 알아차린다. 난방이 잘 안되는 실내에서도, 온몸이 으스러지게 추운 바깥에서도 그들은 나와 함께일 때처럼 간단한 영어로 대화하고 서로의 말을 어렴풋이 이해하며 많은 경우 알아듣지 못하지만 대강 웃어넘긴다. 다만 맞담배를 피우는 그들의 손가락을, 새로운 숨을 들이쉬듯 담배를 빨아들이는 그들의 입술을, 잠시 내리깔리는 눈꺼풀 같은 모습을 나는 새로이 알아차린다. 찰나의 관능이 스치는 그들의 얼굴을. 침을 삼키고, 고개를 잠시 숙이고, 숨을 깊이 내쉬고, 그에 따라 어깨와 윗가슴이 잠시 들썩이는 순간을. 매번 처음처럼. 그들을 비롯해 그 이후로 내가 만나게 될 수많은 흡연자에게서 그 모습을 발견하고, 나는 많은 순간에 그러듯 아무렇지 않은 척하지만 은밀하게 들뜬다. 우리가 각자 한국과 튀르키예와 핀란드로 떠나고 난 이후로도, 연락을 나누지 않게 된 지 어느덧 십 년이 되어가도, 담배를 피우던 그들의 얼굴만은 지금도 선명하다.

앞서 걷는 타인의 담배 연기를 들이쉬며 천천히 걷던 어느 날 밤이 있었다. 낯모르는 그의 뒤통수에 매달린 불안과 공허를, 고독을 멋대로 짐작하면서 그가 뱉은 숨을 따라 마시며 걸었다. 그의 처음,은 언제였을지 감히 상상하면서. 부연 안개와도 같은 담배 연기를 따라 가을 밤이 저물고, 겨울이 오고, 순식간에 시간은 흐를 것이다. 그럼에도 처음,은 쉬이 잊히지 않을 것이다. 첫 욕망, 첫 애정의 순간만큼은.

2부

곳

돌이켜보면 계절은 언제나

깜박이다.

눈이 감겼다 뜨였다 하다. 혹은 기억이나 의식 따위가 잠깐씩 흐려지다.

*

그러니까, 말하자면, 그녀는 언제나 계절이 바뀔 때만 움직였다.

부연 아침 빛을 똑바로 바라보며 그녀는 집을 나섰다.

길을 지나는 낯선 이의 팔목을 붙들고 묻고 싶었다. 이
봐요, 이게 봄 냄새잖아요. 봄 오는 냄새가 나지 않아요?
어딘가 축축하고 매캐한 냄새, 마구 짓밟힌 꽃잎과 은밀
한 봄비의 기척이 뒤섞인 냄새. 이게 봄 냄새잖아요. 코
를 열어봐요. 그녀가 그렇게 말한 것은, 그녀 역시 그날
집을 나서며 처음 코를 열었기 때문이다. 그녀는 계절의
한복판에서는 코와 귀를 닫고 살았다. 특히 겨울에는 하
루도 귀를 열어두는 법이 없었다. 눈이 오는 날을 좋아
했는데, 그것은 그녀의 닫힌 귀로도 스며드는 소음이 적
어져서였다. 소리는 언제나 귀를 비집고 들어왔다. 귀가
그만큼 관대한 기관이기도 하거니와 귀는 얼굴의 다른
기관보다 면적이 넓어 자극 수용력이 더 높았던 것이다.

　바로 그러한 이유로 귀를 닫는 것보다 코를 닫는 것이
언제나 조금 더 쉬웠다. 눈은 누구든 쉽게 닫을 수 있지
만 여태껏 많은 사람이 귀를 닫는 법과 코를 닫는 법을
알지 못한다.(안타까워라, 그들의 피로감! 지나치게 많
은 자극 속에 속수무책으로 열린 귀와 코여! 보이지 않
게 씰룩거리는 콧등과 시종일관 쫑긋거리는 귓바퀴여!)

겨울이면 그녀는 코를 꼭 닫은 채 지극히 단순한 음식만을 먹었다. 지난겨울에는 대대적인 전염병이 돌았는데, 대표적인 증상 중 하나는 코의 닫힘이었다.

사람들의 두려움과 그녀 자신의 두려움을 통과하는 가운데, 그녀는 불가피하게 깨달았다. 원할 때 자의로 코를 닫는 일과 원치 않을 때 코가 닫히는 일을 겪는 건 몹시도 큰 차이라는 것을. 인간은 스스로 통제할 수 없는 것 혹은 통제할 수 없다고 여겨지는 것에는 거의 무조건 공포를 느꼈고, 그것은 명백히 뇌의 편도체라는 부위와 관계되어 있었음에도, 그 공포는 철저히 심리적이면서 몸—적인 것이기도 해서 그녀 역시 불가피하게 공포를 느꼈다. 그러나 그녀에게 닫힌 코는 낯설지 않은 상태이므로 그녀는 전염병에 걸린 채로 닫힌 코를 킁킁대며 아무 냄새도 느끼지 않은 채 음식을 먹었다. 음식에서 반드시 특정한 맛을 느껴야 하는 이유를 그녀로서는 알 수 없었다. 냄새물질이 유용한 것은 생명의 위험이 감지될 때, 먹이를 직접 찾아야 할 때, 천적을 피해야 할 때뿐이지 않은가. 치아의 규칙적인 움직임, 위장이 점진적으로 차오르는 느낌, 배가 묵직하게 불러오는 느낌만으로도 식사의 의미는 충분했다. 많은 사람이 그녀의 닫힌 코를 걱정했고 그녀는 그들의 염려에 충분히 감사를 표했으나 사실 그녀는 아무렇지 않았다. 게다가 겨울인데. 그녀로서는 귀와 코를 닫기 수월한 계절이었다. 그녀는 일부러 강한 향신료를 재료 삼아 요리했고, 음식을 다 먹은 후에는 이국의 향을 두세 개씩 한 번에 피웠다.

그러니 아침 빛을 똑바로 바라보며(심지어 두 눈을 동시에 뜨고서) 집을 나선 그녀가 오랜만에 코를 열고 봄 냄새를 콧속 가득 채웠을 때 묘하게 흥분했던 것을 우리는 이해할 수 있을 것이다. 겨우내 성큼성큼 자란 코털이 처음에는 약간 거슬렸지만 그것도 잠깐이었다.

물론 그녀는 타인의 팔목을 무턱대고 붙잡는 사람은 결단코 아니었다. 미용사가 머리를 감겨줄 때도 '조금만 더 만져주세요, 지금 느낌이 너무 좋아요, 조금만 더요' 하고 말을 꺼내본 적도 없었다. 버스에서 나란히 앉은 옆 사람의 팔이 숨소리에 맞춰 고르게 올라갔다 내려

갔다 할 때, '지금 저랑 똑같은 리듬으로 올라갔다 내려갔다 하고 계신데요, 상황상 당신에게서 떨어져 앉을 수는 없으니 조금이라도 다른 리듬으로 숨을 쉬어주시면 안 될까요?'라고 요청한 적도 없었다. 물론 지하철 안에서 이어폰을 어설프게 연결한 채 자그마한 전자기기 화면 속 영상을 쩌렁쩌렁 틀어놓는 사람에게 한마디 한 적은 있다. "저기요, 이어폰 연결이 안 돼서 소리가 다 들리는데요, 조용히 해주시길 부탁드립니다."

그러나 대체로 모든 일은 머릿속에서만 일어났다. 머릿속이 이미 너무도 시끄러웠기 때문에 그녀는 불가피하게, 말 그대로 **피할 수 없이** 귀와 코를 때때로 닫아야만 일상을 살아갈 수 있었다. 그러니 그녀가 지금 기차역으로 향하고 있다는 사실은 그녀를 아는 사람이라면 상당히 놀랄 법한 일이다. 그녀가 집을 나서서 움직이고 있다는 사실만으로도 주변 모두가 깨달을 수 있을 테니 말이다. 아, 봄이 오고 있구나. 오늘부터 환절기의 시작이구나. 저 여자가 움직이는 걸 보면.

기차역에 거의 도착했을 때 그녀는 코트를 벗었다. 일

부러 가장 무겁지 않은 코트를 걸쳤는데도 이른 오전의 빛이 금세 땅을 데웠다. 후텁지근한 땅에서 올라오는 습기가 콧속을 찔렀다. 오랜만에 활짝 연 두 귀로 타인들의 말소리와 경적 소리, 계단 밑에서 쥐가 기어다니는 소리, 횡단보도 맞은편의 남자가 얼음을 와드득 깨무는 소리, 멀리 광장 잔디에 핀 작은 들꽃이 산들바람에 흔들리는 소리, 역 지붕 위 비둘기들이 구구 우는 소리, 저 만치 건물이 미세하게 기우는 소리까지 들려왔다. 소리들이 만들어내는 공간이 너무도 광대하고 무시무시하기에 그녀는 많은 순간 당황하거나 경악하곤 했다. 사람들이 일제히 목을 푹 꺾고 휴대전화 액정화면을 쳐다보며 길을 걷는 모습에는 매번 충격을 받았다. 어떻게 이렇게 많은 소리와 냄새로 가득 찬 주변을 아무렇지 않게 지나다닐 수 있는 거지? 그러나 오늘은 무수한 자극을 기꺼이 받아들일 수 있는 날이다. 왜냐하면,

  잠깐. 역의 계단을 하나씩 오르며, 문득 그녀는 기억 하나를 떠올려냈다. 까마득하게 오래전, 그녀가 열네 살

무렵, 계절은 공교롭게도 겨울이었고 그녀는 막 이불을 떨치고 잠에서 깨어 누워 있던 참이었다. 그녀는 늘 잠에서 깬 뒤에도 눈을 규칙적으로 깜박이며 삼십 분에서 한 시간 정도는 꼼짝 않고 천장을 보며 누워 있는 버릇이 있었다. 눈을 깜박이면서 귀와 코를 서서히 여는 그녀만의 의식이었다. 그때 갑자기, 낡은 앞치마를 단단히 두른 그녀의 어머니가 방문을 열고 성큼성큼 들어오더니 그녀의 눈 안에 웬 용액을 똑, 똑, 부었다. 그녀는 당시 밤에 끼고 아침에 빼는 꿈렌즈를 착용했는데, 아침마다 눈이 극심하게 건조해지는 바람에 인공눈물을 넣어야 간신히 눈을 뜰 수 있었다. 그녀는 순순히 눈을 뜨고 용액을 받아들였다. 일순간 눈앞이 부옇게 흐려졌다. 어머니, 나에게 무엇을 부은 거예요? 그녀는 이렇게 묻지 않았다. 앞서 언급했듯이, 그녀는 타인의 몸과 어떤 식으로든 얽힐 때 무언가를 요구하거나 제안하지 않았고 그 감상 혹은 비판을 말로 꺼내는 편도 아니었다. 그러나 머릿속에서 생각들이 두서없이 목소리를 내기 시작했을 때 어머니가 꽥 비명을 질렀다. 세상에! 내가 방금

너에게 세정액을 부었어! 인공눈물이 아니라 세정액을!
얼른 씻어내! 일어나!

조금만 더 늦게 씻어냈더라면 다시는 눈을 뜨지 못했
을지도 모른다. 깜박. 깜박. 그러나 그녀의 눈꺼풀은 충
분히 열심히 움직여주었고, 망막 역시 세정액을 닦아
내는 데 일조해주었다. 그사이 두 개의 눈동자는 가만
히 옆으로 움직여 숨어 있다시피 했다. 화장실 수도꼭지
를 틀면 바로 물이 나오는 곳에 살고 있다는 사실에 그
녀는 새삼 감사했다. 어머니는 무릎을 꿇고 빌었다. 너
무 미안하구나. 인공눈물을 잡는다는 게 무심코 세정액
을, 내가……. 말을 끝맺지 못했다. 그러나 그녀는 이미
어머니를 용서했다. 그녀 역시 더욱더 까마득히 어린 시
절, 어머니를 무릎에 누이고 귀이개로 어머니의 귀를 파
주다 어머니의 귀에서 피를 철철 솟구치게 한 적이 있기
때문이다. 눈에는 귀, 귀에는 눈. 이 정도면 얼추 말끔한
거래였다. 아직은 그녀가 귀를 닫는 법도, 코를 닫는 법
도 몰랐던 때였고 그래서 모든 일을 뜬눈으로, 뜬―귀
로, 뜬―코로 마주해야 했던 시절이었다.

그러나 이제는 아니다. 그녀는 계절의 한복판에 접어들면 귀를 닫고 코를 닫았다. 닫아도 괜찮았고, 문제가 될 만한 지점은 전혀 없었다. 그녀에게 가장 중요한 감각은 촉각이었다. 만지고, 만져지는 것. 누군가의 얼굴에 볼을 내맡기고, 누군가의 손에 두피를 내맡기고, 누군가의 어딘가에 자신의 몸 어딘가를 내맡기는 것. 내맡기는 것을 그녀는 섣불리 하는 법이 없었고, 그래서 비교적 안전한 생활을 영위할 수 있었을 뿐 아니라 가장 중요한 순간에 가장 선명하게 내맡겨질 수 있었다. 예를 들어 그녀가 기차를 타고 만나러 가는 사람과의 접촉이라는 순간에.

사실은 이러했다. 그녀는 사랑하는 사람을 만나러 가기 위해 일찌감치 비행기표를 사두었다. 환절기의 시작일에 맞춘 계획이었다. 그날 그녀는 비로소 몸을 움직이고, 귀와 코를 활짝 열곤 하니까. 누구보다 냄새를 맡고 싶은 존재도, 목소리를 듣고 싶은 존재도 사랑하는 사람이니까.(사실 사랑하는 사람이라면 목소리뿐 아니라 수

많은, 우리가 듣고 있지만 듣고 있지 않은 척하는 소리
도 전부 마냥 듣고 있고 싶어지지 않는가. 무슨 소리인
지는 우리 모두 잘 알고 있으리라, 혹은 상상할 수 있으
리라 믿는다.)

그런데 아뿔싸, 그 표는 꼭 한 달 뒤, 그러니까 봄의 한
복판 날짜로 잘못 예약되어 있었다. 그 사실을 그녀는
전날 저녁에야 깨달았다. 매사에 극도로 조심하는 사람
에게도 언제나 터무니없는 허점이 있게 마련이다. 그녀
의 경우 숫자나 셈에 관한 일 전반이 허술한 구석이었
다. 구멍이었다. 아니야, 이래선 안 돼. 환절기의 시작에
사랑하는 사람과 함께 있을 수 없다니, 말도 안 돼. 그녀
는 부랴부랴 웹사이트에 접속해 취소 표를 미친 듯이 물
색하기 시작했다. 그녀는 웬만해서는 흥분하지 않는 편
이었고, 앞서 언급했듯이 대체로 흥분을 머릿속에서만
극점까지 발생시킨 후 털어내고 다시 움직이는 쪽에 가
까웠기 때문에 몸의 모든 신경을 곤두세워 비행기표를
알아보는 스스로가 조금 생경하게 혹은 우습게 느껴졌
지만, 눈도 한 번 깜박이지 않고 목을 곧게 세우지도 않

은 채 컴퓨터 화면만 뚫어져라 쳐다보며 오른쪽 검지손가락으로 새로고침을 눌렀다. 새로고침. 새로고침. 그러나 낮에서 저녁으로, 저녁에서 밤으로 시간이 흐른 뒤에도 화면은 끝끝내 새로 고쳐지지 않았고, 그녀는 잠시 낙담했다. 그러나 그 순간, 귀를 닫고 코를 닫은 채 눈만 부릅뜬 그녀에게 새로운 생각이 떠올랐다. 다른 도시로 가서 그곳에서 비행기를 타면 되는 거잖아?

그렇게 해서 그녀는 지금, 공항이 아닌 기차역으로 들어서게 된 것이었다. 그녀는 플랫폼에서 알맞은 기차를 타고 엑스포의 뼈대만 을씨년스럽게 남아 있는 남쪽 도시로 갈 것이다. 종착역에 내려 기름이 잔뜩 칠해진 엉성한 꼬마김밥 한 줄을 사서 엑스포의 뼈대 안을 거닐며 인적 없는 고요한 곳에서 나는 소리를 잔뜩 들을 것이다. 움푹한 모서리마다 드문드문 자리를 채우고 속삭이는 연인들을 발견하고는 고개를 돌린 채 그들이 내는 소리에 무심한 척 귀 기울일 것이다. 애매하게 정박된 배들이 풍기는 냄새를 맡을 것이고, 오래전 운행을 멈춘 해양공원 관람차가 내뿜는 비릿한 고철 냄새를 들이마실 것이다. 쇼가 더는 열리지 않는 공원 객석에서 사이비 종교의 포교 영상을 쩌렁쩌렁 틀어놓은 등산복 차림의 중년 남자를 소리 없이 지나칠 것이다. 골목길 사이에 보일 듯 말 듯 자리한 카페를 오직 냄새로 발견해 들어설 것이며, 거기서는 부모에게서 빌린 돈으로 그럭저럭 구색을 갖춘 카페의 사장이 어설프게 만든 시그니처 음료를 마실 것이다. 그러다 시계를 살피고 때가 되어, 불평 많은 기사가 공격적으로 모는 택시를 타고 외곽의 공항으로 갈 것이다. 자그마한 공항에는 섬으로 떠나는 여행객으로 붐빌 텐데, 그것은 섬으로 향하는 비행기가 하루에 단 두 대만 뜨기 때문이다. 오전에 하나, 오후에 하나. 그녀는 그중 오후의 비행기를 타게 될 터이고, 비행기는 무사히 이륙해 무사히 착륙할 것이며, 관리되지 않아 매연을 온통 뒤집어쓴 야자수들이 늘어선 섬의 땅을 밟게 될 것이다. 야자수는 한쪽 눈만 뜨고 보아도 무방할 것이다. 그녀가 두 눈을 말끔히, 동시에 뜨고 바라볼 대상은 섬 동쪽의 해변가 카페 테라스에서 그녀를 기다리고 있을 것이므로.

그녀에게 매일의 일상은 지극히 고요한, **무색무취**의 것에 가까우므로 오늘 하루 그녀는 **시시각각** 굉장한 자극의 **폭발** 속에 파묻히게 될 터이지만, 그녀는 은밀하게 이러한 순간을 늘 염원해왔음을 스스로 알고 있다. 깜박, 깜박. 눈을 깜박, 하면 봄이 먼저 오는 섬이다. 온기다. 환절기다. 사랑하는 사람이다.

돌이켜보면, 계절은, 언제나, 바뀌고, 있었다.

여름과 그늘

이맘때쯤 늘 깻잎냉모밀을 먹었는데.

　이름도 생소한 이 메뉴를 아는 숱한 사람들처럼 나도 여름이 되면 늘 중얼거린다. 깻잎냉모밀, 깻잎냉모밀. 질리지도 않고 먹으러 갔던 여름의 나날들이 있었다. 있었다 없었다. 이제는 없다. 식당이, 식당이자 카페가, 식당이자 카페이자 바였던, 식당이자 카페이자 바이자 공연장이었던 공간이 사라졌기 때문이다. 이 이야기를 이미 여기저기 여러 번 썼지만 또 써야 할 것 같다.

　홍대입구역 8번 출구로 나와 홍익약국 옆 건물에서

왼쪽 골목으로 꺾어져 와이즈파크 건물을 옆에 끼고 걷다보면 나오는 3층짜리 작은 건물의 2층. 그곳에 '한잔의룰루랄라'가 있었다. 계단을 터덜터덜 올라 철문을 열고 오래된 만화책들이 꽂힌 서가를 지나, 매일 그림과 글씨가 바뀌는 듯한 커다란 칠판을 앞에 두고 삐걱대는 목재 바닥을 살금살금 건너 늘 앉던 구석 자리를 살핀다. 내가 가장 좋아한 자리로, 벽에 등을 대고 공간의 왼쪽과 오른쪽을 적절히 함께 조망할 수 있는 곳이자, 카운터에서는 슬쩍 가려져 있고, 정면으로는 창문이 나 있는 자리. 그 자리에 앉아 메뉴판을 훑어보지도 않고 늘 마시던 '카페 쓰어 다'를 주문하고 나면 구겨진 마음이 툭, 털어지는 듯했다. 해가 잘 들지 않는 곳이었고 어디에 앉든 그늘 같았다. 그 그늘 안에서 비로소 안온했다.

어디에도 쉽사리 발을 못 붙이던 시절이었다. 시그니처 메뉴인 카레우동 '룰랄레'에 해시브라운과 아스파라거스와 치즈를 추가해 야무지게 비벼 내 속도대로 그릇을 천천히 비우고, 책을 펼쳐 오후가 저녁이 될 때까지 읽는 둥 마는 둥 하다가 8시부터는 공연이 있다는 말에 부랴부랴 일어서기도 하고, 누구 공연인가요 조심스레 물어보곤 그 자리에서 누군가가 노래 부르는 목소리를 한참 듣다 집으로 돌아가기도 했다. 깻잎냉모밀은 여름 특선 메뉴였고, 그릇 가장자리에 설핏 끼워진 수박 조각을 깨무는 것으로 입가심을 했다. 수박을 좋아하지 않는데도 그 수박 조각은 언제나 맛났다. 기꺼웠다.

음악을 만드는 이들이 이웃처럼 느껴진 첫 시절이 그곳에서 태어났다. 이른바 인디 뮤지션이라고 불리는, 기타 하나만 둘러메고 자신이 만든 노래를 직접 부르는 이들을 나는 그곳에서 처음 만났다. 번쩍거리는 티브이 화면 속 화려한 '셀럽'이 아니라 오래된 자전거를 타고 공연장에 도착하는, 함께 담배를 피울 수 있는, 공중에 둥둥 뜨는 대화를 주고받다가 맥주 한 잔 건배를 하고 다시 고요히 흩어지는 종류의 대등함이 가능하다는 것을 나는 룰루랄라에서 배웠다. 창작자들, 그러니까 자기 것을 자기가 직접 만드는 이들이 둥그렇게 모여 앉아 어떠한 비장함이나 고고함 없이 소탈하게 웃고 심지어는 거의 시시하다시피 한 대화를 나누는 일이 그 당시 내게는 그 어떤 순간보다 반짝였다. 너무도 손쉽게, 습관처럼 비장해지던 시절이었기 때문인지도 모른다. 그저 혼자가 아니라는 감각을 느낄 수 있는 시공이 필요했던 건지도. 그러니까, 어떤 친밀감이.

그들이 만드는 '자기 것'이 결코 쉽고 얕고 하찮아서가 아니라, 내가 직접 목격할 수 있고 닿을 수 있고 무언가를 나눌 수 있을 것 같다는 감각을 선사해준다는 점이, 그 찰나의 친밀함이 중요했다. 작지만 진실한 것 말고, 작고 진실한 것. 미사여구 다 들어낸 간결한 문장처럼, 화려한 음향기기와 각종 으리으리한 도구들 다 걷어내고 오로지 기타와 떨리는 목소리만 남는, 안 그래도 어둑한 공간에 조명마저 조도를 낮춰 더더욱 짙은 그늘 속에 웅크린 듯한 감각. 그 감각이 내게는 친밀감으로 번역되었다.

그늘 속에 웅크린 이들은 결코 한 명이 아니지만 하나의 덩어리가 된다. 초대형 공연장에서와 달리 룰루랄라 같은 작은 공연장에서는 덩어리 속 이들의 표정이 훤히 보인다. 옆얼굴들의 미세한 움직임을, 옅은 숨소리를 느낄 수 있다. 때로는 예상한 것보다 더 가까운 거리에서 어느 관객이 소곤대는 목소리, 조심스러운 허밍이 또렷이 들려오기도 한다. 그 모든 직접성들. 공기의 접촉. 허공에서의 조우. 무대와 객석 사이에는 높낮이 차이가 없고, 그래서 앞자리에 앉은 이들이 어느새 조금씩 더 몸을 웅크리는 곳. 노래를 다 마친 당신이 마지막 박수를 받은 다음 기타를 주섬주섬 챙겨 내 옆 테이블에 앉는 곳. 내 앞에서 노래를 부르는 당신도, 내 옆에 앉은 당신도 모두 손 뻗으면 만질 수 있는 실체로서의 개인임을 깨닫게 하는 곳. 그때도, 지금도 내가 가장 사랑하는 곳은 그렇게 금방이라도 만져질 듯한 개개인들이 감각되는 공간이다. 시간이 흘러 유일무이한 고유성이 기억 안에서 흐려지더라도, 추상적 관념이 아니라 지극히 구체적인 개성들이 생생히 살아 숨 쉬는 곳.

'생각의여름'을 처음 만난 곳도 룰루랄라였다. 뮤지션의 이름이 근사하다고 생각했는데 기타 하나만 둘러메고 더없이 담백한 목소리로 노래하는 방식도 황홀했다. 최대한 둥근 모양의 입술을, 마치 키스할 것처럼 마이크 가까이 가져가던 모습. 악기를 안은 몸이 으레 한쪽으로 기울듯 기타를 퉁기며 노래하는 내내 왼쪽으로 처져 있던 어깨. 목이 늘어난 샛노란 티셔츠가 덩달아 왼쪽으로 흘러내리면서 평소 햇빛에 노출되지 않았을, 목덜미보다 눈에 띄게 흰 피부가 얼핏 드러나던 순간. 그런 찰나에는 마치 내가 그를 이미 오랫동안 긴히 알고 지낸 듯한, 혹은 너무나 빠르게 친밀해진 듯한 느낌을 받게 된다. 기묘하고 편안하며 동시에 관능적인 찰나들이 선율에 실려 흘러간다.

그의 노래를 들으면 오랫동안 곱씹은 질문이 공중에 둥둥 뜬다. 노래가 되지 못한 것들이 시가 될까? 시가 되지 못한 것들이 노래가 될까? 시간이 한참 지난 어느 날 답이 찾아왔다. 노래는 이미 시이고, 시는 이미 노래이다. 따라서 노래를 종이 위에 적으면 시가 되고 시의 리듬을 멜로디에 실으면 노래가 된다. 선율 없이 노래를 낭독하거나 가사를 필사할 때 마치 근사한 책을 읽는 독자처럼 뿌듯해지는 건 바로 그 때문이다.

'다섯 여름이 지나고'라는 제목부터 시작해 환해질

지, 그늘질지, 흐릿해질지 나직하게 묻는 가사를 들으며 이유도 없이 눈물이 줄줄 흘러내리곤 했던, 어디에도 쉽사리 발붙이지 못하던 시절. 노래가 너무 짧다, 너무 금방 끝난다, 중얼거리며 끝없이 한 곡 반복으로 「다섯 여름이 지나고」만을 쓰다듬듯 돌려 듣던 시절. 2009년 발매된, 뮤지션과 동명의 제목을 지닌 이 앨범에선 아끼지 않는 노래가 없다. 「십이월」「골목바람」「활엽수」「덧」「동병상련」「서울하늘」「허구」「그래서」「말」「긴 비가 그치고」「다섯 여름이 지나고」. 「다섯 여름이 지나고」는 앨범의 마지막 곡이다.

한잔의룰루랄라의 마지막 영업일은 2019년 3월 25일. 여름을 기준으로 헤아려보면 꼭 다섯 여름이 지났다. 집기를 싸게 팔며 가게를 마지막으로 정리하던 날, 커다란 가구들이 이미 대부분 치워져 텅 빈 공간에서 그동안 감사했습니다, 인사를 건네고 유리 재질의 레몬 착즙기(쓰임새도 모르고 재떨이로 썼다)와 컵을 사 왔었다. 다섯 여름. 2019년, 2020년, 2021년, 2022년, 2023년. 2019년부터는 어쩐지 시간이 또렷한 구획 없이 울퉁불퉁한 덩어리로 흐른다는 느낌을 받는데, 팬데믹 때문인지 개인적인 생활 반경의 변화 때문인지 명확하진 않지만 '룰루랄라'라는 지지대가 사라져서,라고 무턱대고 주장하고 싶어지는 때가 있다.

반갑게도 그 이후로도 룰루랄라는 여기저기서 영업하고 있다. 전국에 있는 친구 가게들이 휴가를 떠날 때나 주인장의 사정으로 잠시 운영을 못 하게 되었을 때, 룰루랄라의 '룰장님'이 팝업으로 식당을 연다. 성미산 알루에서도, 아메노히커피점에서도, 부산 인앤빈에서도, 창원 마도에서도, 대전 욜라탱고에서도, 제주 동복분식에서도 '여기저기룰루랄라'라는 이름으로 나타난다. 홍대의 룰루랄라를 그리워하는 사람들은 적지만 또렷이 존재하는 개개인들이고, "우리 동네에도 룰루랄라가 온다"며 기뻐하고 반가워한다. 룰장님은 이따금 이런 질문을 건넨다. "이것이 끝은 아니겠지요?"

이것이 끝은 아닐 것이다. 특정한 공간은 사라지더라도 끝끝내 사라지지 않는 것들이 있다. 해가 뜨고 지는 일과 무관하게 어디에든 그늘은 생기게 마련인 것처럼.

생각의여름이 '다섯 여름' 사이에 만든 '손'이라는 제목의 앨범을 듣는다. 자기만의 속도로 자기 것을 만드는 사람이 이렇게 손을 내민다. 또 다른 근사한 음악가들과 손을 맞잡고 있는 곡들이 가득하다. 거의 모두가 한잔의 룰루랄라에서 만난 적 있는 사람들이다. 눈을 마주치고 멀찍이서 담배를 피우고 어쩌면 옆 테이블에서 맥주에 눅눅한 팝콘을 우적였을지도 모르는, 그늘의 덩어리 속 더할 나위 없는 개인들. 그때도, 지금도 내가 가장 사랑하는 여름과 그늘.

깻잎냉모밀 먹으러 가고 싶다.

돌멩이는 이미 모래로 흩어지고

한 부부가 있다. 하루하루 평온하게 살아가던 중, 어느 날 한 사람이 다른 사람에게 우리 여행 다녀올까, 묻는다. 신혼여행 이후로 처음으로 떠나는 둘만의 온천 여행. 둘은 특별한 계획을 세우며 마음이 조금씩 들뜬다. 그러던 중, 걱정 많은 한 사람은 혹시라도 빈집에 도둑이 들지 않을까 염려하여 평소 생활 소음을 녹음하기 시작한다. 밥 짓고 청소하고 세탁기 돌리는 소리, 전화 받으라고 부르는 소리, 택배 받는 소리, 창 아래서 귀가하는 학생들이 재잘거리는 소리, 쓰레기차 지나가는 소리,

여느 날과 다름없는 두 사람의 대화 소리.

걱정 많은 사람은 여행을 떠나는 길, 녹음해둔 데이터를 컴퓨터에 저장한 다음 스피커로 끝없이 소리가 흘러나오게 만들어둔다. 빈방에 불도 켜둔다. 두 사람이 집을 비운 기간 동안에도 누군가 집에 있는 것처럼 보일 수 있도록. 그러나 두 사람은 사고를 당해 여행지에서 사망한다. 자동차가 계곡 깊은 곳에 처박히고, 외진 곳이라 한동안 사고가 났다는 것조차 아무도 알지 못한다. 텅 빈 집에는, 두 사람이 영영 돌아올 수 없는 집에는 한없이 일상적인 소리들이 흘러나오고 있다. 여느 날과 한 치도 다를 바 없는 모든 소리들, 소음들, 대화들, 목소리들.

이 장면을, 텅 빈 집에 울려 퍼지는 형체 없는 소리를, 그 소리의 발화자와 녹음자/기록자는 영영 돌아올 수 없는 집에 관한 이 이야기가 마음에 오래도록 남았다. 사회학자이자 소설가인 기시 마사히코가 쓴 『단편적인 것의 사회학』김경원 옮김, 위즈덤하우스, 2016에서 그의 상상 속에서 만들어진 이 이야기를 처음 읽었고, 그것은 곧장 기억에 각인되었다. 두 사람의 목소리가 유품이라고 마사히코는 쓴다. 특별한 것이라곤 전혀 없는, 지극히 사사로우며 평범한 일상이지만, 화자가 사라짐으로써 비로소 그 일상적인 대화가 다시는 돌이킬 수 없는 것, 가장 소중한 유물이 된다고.

마사히코는 더 나아가, 그 범용한 것들이 범용한 상태 그대로 남아 있는 상황도 가정한다. 두 사람이 무사히 온천 여행에서 돌아왔더라면 어땠을까. 스피커에서 흘러나오던 소리들은 정지 버튼과 더불어 멈출 것이며, 두 번 다시 그 소리들이 재생되는 일은 없을 것이다. 그리고 그 무엇과도 바꿀 수 없는 순간순간의 모든 소리는 당사자 두 사람에게조차 존재하지 않게 될 것이다. 범용한 생활을 되찾은 이후에는 범용한 생활의 일부인 기록의 파편들이 금방 잊힌다. 그러나 독자/청자에게는 이미 또 하나의 현실이 있다. 부부를 태운 자동차가 깊은 계곡 밑바닥으로 굴러떨어져 처박히는 현실. 그때 아무도 없는 방에 흐르던 두 사람의 대화는 그 누구에게도 들리지 않은 것으로 오랫동안 남는다. 마사히코는 바로 그 통절

함에 관하여 쓴다. 무엇과도 바꿀 수 없는 소리들, 그러나 그 대체 불가능성 자체가 우리에게, 그리고 그 두 사람에게조차 끝내 미지로 남게 되는 상황에 관하여.

애초에 이 이야기는 없다. 꾸며낸 것이라는 점에서 없는 이야기는 그러므로 어떤 의미에서는 거짓이다. 처음부터 독자/청자인 우리에게는 아무것도 주어져 있지 않았고, 따라서 우리는 아무것도 잃지 않았다. 그리고 이런 일, 아무 일도 일어나지 않은 현실은 세계 어디에나, 정말이지 어디에나 존재하고 있다. 끝도 없이 발생하고 있다.

비비안 마이어의 사진들이나 페르난두 페소아의 트렁크 속 원고 뭉치나 헨리 다거의 그림들처럼, 죽은 후에 혹은 죽기 직전까지 누구의 눈에도 띄지 않았다는 사실이, 누군가의 기록이자 작품인 것들이 세계에서 완전히 사라질 수도 있었다는 사실이 불러일으키는 드라마 혹은 통렬함을 우리는 안다. 그러나 현기증이 일 만큼 헤아릴 수도 없이 많은 대화와 기록은 결국 누구에게도 보이지 않는 곳으로 사라진다. 또 그것들이 사라졌다가 다시 나타난다고 해도, 발견되거나 돌아온다고 해도, 그것들에 특별할 것은 없다. 그러니 가장 가슴을 울리는 지점은, 비비안 마이어나 헨리 다거라는 인물 그 자체라기보다 또 다른 비비안 마이어와 헨리 다거가 늘 어딘가에, 도처에, 바로 지척에 있을지도 모른다는 사실이다.

그 사실이 나를 언제나 매혹한다.

가장 매혹적인 것은, 노스탤지어와 같은 감정을 불러일으키는 것은, 비비안이 영영 발견되지 않았을 뿐 아니라 그가 발견되지 않았다는 사실을 우리도 알지 못한다는 서사다. 발견되었다는 걸 모르는 게 아니라, 영영 발견되지 않았다는 사실을 모른다는 것. 바로 그것들이 도처에 있다. 옆집 사는 여자, 편의점 앞에 조르르 놓인 초코우유 네 팩, 어느 날 문득 밑동이 잘린 채 눕는 가로수, 사거리 횡단보도에서 매일같이 알아들을 수 없는 말을 중얼거리는 노인 같은 존재들. 누구에게도 숨기지 않았으나 누구에게도 보이지 않는, 유의미하게 포착되지 않는 존재들. 냉장고 소리나 자동차 소음처럼, 찰나의 감각 속에 진입했다가 의식에 채 이르지 못하고 곧장 흩어지는 순간들. "햄버거 너무 맛있다"라는 말로 끝맺은 뒤 삼 년 넘게 접속하지 않는 낯모르는 이의 블로그, "수업 듣기 싫다"라는 한 문장을 쓴 지 육 년이 지난 익명의 SNS 계정 같은 것.

발에 차이듯 흔해서 눈길조차 주지 않아도 뻔하다고 여기는 그 모든 것, 말 그대로 평범한 인간들의 지극히 일상적인 기록의 파편들을, 기시 마사히코는 넘치도록 읽는 사람이다. '학술적으로 유의미한' 인터뷰를 나누던 중 한 소년이 아버지, 부르며 마당으로 들어와선 개가 죽었다고 하자, 몇 초쯤 침묵한 다음 중단했던 이야기를 이어가던 구술자, 괜찮겠느냐는 질문에 '괜찮다'라고 답하던 순간을 잊지 않는 사람이다. 예고 없이 바깥에서 침입한, '주제'와는 무관한 소식, 그리고 이어진 갑작스러운 장면은 학술서에는 실릴 수 없다. 그러나 그 순간은 그 장면 안에 있던 누군가에게 더할 나위 없이 또렷한 기억으로 남아 영영 잊히지 않는다. 대화 속에 집어넣을 수도 없고 당장, 혹은 끝내 이해할 수도 없는 찰나의 사건. 무엇과도 바꿀 수 없는 절묘하게 구체적인 장면이자 맥락상으로는 '무의미한' 순간들에 그는 몸을 떤다. 그것들을 그러모아 쥐고 있는다. 그걸 자신만의 수첩에 써둔다. 역시 아무에게도 보이지 않을, 있는지조차 누구도 알지 못할 수첩에.

단편적인 서사들의 존재 의의를 마사히코는 예술적인 견지에서의 평가나 학구적인 개념화로 파악하지 않는다. 오히려 그 파편들의 방대함에 언제나 새롭게 압도당하고, 바로 그 서사 하나하나가 무의미함으로써 아름다울 수 있다고 여긴다. 해석과 이해의 그물망을 빠져나가는 모든 것.『단편적인 것의 사회학』에는 아무리 애를 써도 분석될 수 없고 이해할 수도 없는 것들만이 가득 들어 있다.

특정한 논지를 명료하게 의미화하는 글을 읽으며 여기저기 밑줄 긋는 즐거움으로 하루를 나기도 하지만 내가 저항 없이 사랑하는 것은 자신에게 벌어진 사건들을 어떻게든 이해해보고자 몸부림치는, 누군가의 수첩에만 쓰이는 지극히 내밀한 기록이다. 그 안에 쓰는 자의 모순이 환하게 드러나고, 이쪽과 저쪽에 모두 걸친 채 버둥거리는 내면의 끈질긴 극성이 감각될 때, 아집과 편협함과 숱한 집착과 일순간 전환되는 감정들과 판단들이 읽힐 때, 아니 그것들이 도처에 존재하고 발생하고 있다는 사실을 떠올리는 것만으로도, 몹시도 무가치하며 무의미한 그 언어에 때로는 체온이 높아지고 말단이 저릿해질 만큼 전율한다.

말하자면 단단한 메시지 하나를 담은 책 한 권으로 묶이기 도무지 어려운 파편들. 하나의 주제어를 두고도 갈팡질팡하고, 윤곽을 그리고 싶어 어떻게든 무언가를 쓰지만 어디에도 가닿지 않는 것 같다고 느끼는 누군가의 문장 다발. 경로를 따라 착착 내딛는 발걸음이 아닌('서사'가 결코 아닌), 들쑥날쑥하다가 떠났던 지점으로 아무렇지 않게 돌아오기도 하는, 여실히 혼란하다고밖에 표현할 수 없을 기록을 우연히 접할 때마다 그것이 내 가장 밑바닥의 본질을 닮아 있다고 온몸으로 느낀다. 실제로 그 문장들은 책이 될 수 없을 게 뻔하고('작가'라는 이름을 걸고 공공의 매체에 쓰이는 정연한 한 편의 글 따위가 전혀 아니다), 그래서 영영 누구도 말끔한 바구니 안에 차곡차곡 담긴(제대로 '편집된') 상태로는 결코 접할 수 없을 테지만, 지금 이 순간에도 여기저기 흩뿌려지고 있을, 누구도 듣지 않고 읽지 않을 것이며 그것이 존재하고 있는지조차 알려지지 않을 어떤 기록을 떠올리면 아득해진다. 나의 수첩에 적어두는 수많은 글귀처럼.

내게도 수첩이 있다. 이것저것 다 적어두는 무한 다용도 수첩이라 학교 수업 메모가 빼곡하기도 하고, 낭독 공연을 준비하는 내용이 들어가기도 하고(유선 2개 무선 2개 강의대 마이크 현수막 세로 형태 사운드 잘 나옴 리모콘 작동 엑스배너), "천하를 바꾸는 데는 3일이면 충분해" 같은 친구의 말을 붙잡아두기 위해 "잠시만, 좀 적어둘게" 하고 수첩을 꺼내 휘갈겨놓기도 한다. 번역하는 사람으로서 역서를 읽을 때는 인상적인 표현도 기록해둔다. 딱 잘라 말하다, 고아한, 참혹한 기분, 부아가 치밀었다, 덜컥, 홍건, 고단한, 같은 단어와 구절을 발견하는 즉시 써둔다. 그러나 이 모든 것은 대체로 다시 펼쳐지지 않고 (그것을 쓴 나에게조차도) 영원히 닫혀 있다. 언젠가 열리더라도, 누군가 발견하더라도 유의미한 무언가로 탈바꿈하기 어려울 게 뻔하다. 그렇다면 어째서 외출할 때마다 기어이 수첩을 들고 나서는가?

아마도 바로 그 점, 누구에게도 발견되지 않을 기록을 끝끝내 쓰고 있다는 점 때문일 것이다. 그것은 언젠가 먼 훗날 포착되리라는 막연한 기대, 그런 것 없이 쓰이는 기록이다. 쓰이는 순간에마저 쓰는 자에게서도 잊히고 있는 기록의 파편들. 책으로 엮이고, 독자를 만나고, 저 멀리 어딘가로 날아갈 기록이 아니라 그것을 쓰는 내게서조차도 떨어져 있는 가만한 돌멩이와도 같은 기록. 그날, 그 순간, 어느 해변가에서 다른 누구도 아닌 바로 내가 주운 그 특정한 돌멩이. 몹시도 무의미하며 아무도 그 맥락을 알지 못할 것이며 나 역시 언제 주웠더라, 고개를 갸우뚱하게 될 미래를 예감하면서도 손에 드는 돌멩이. 그 기이한 무의미성을 나는 꼭 쥐고 있다. 돌멩이는 이미 모래로 흩어지고 있다.

가장 어두운 방

이리 와.

　비가 쏟아지던 어느 날 밤, 늦은 시각이었다. 버스에서 내리는 사람은 몇 없고, 타는 사람은 한 명도 없는 시각. 천천히 차고지로 향해 가는 버스에 듬성듬성 사람들이 앉아 있는, 앉아 있는지 잠들어 있는지 알 수 없이 몽롱하게 정지해 있는 듯한 시간. 앞이 잘 보이지 않을 정도로 세차게 쏟아지는 비를 피해, 아니, 앞이 보이지 않으니 움푹한 웅덩이를 밟는 일이라도 피하자는 마음으로 캄캄한 바닥을 보며 걷다가 횡단보도 신호가 바뀌어

허둥지둥 길을 건너는데, 저만치 맞은편 길가의 마을버스 정류장 표지판 밑 벤치에 웬 늙은 여자가 앉아 있었다. 여기 와 앉으라는 듯, 이리로 오라는 듯, 자기 옆자리를 두드리며 손짓했다. 두드리는 것인지 매만지는 것인지 알 수 없는 손길이었다.

늙은 여자라고 쓰는 것과 할머니라고 쓰는 것은 다르다. 할머니라고 쓰기에는, 할머니라는 존재가 내게 까마득하다. 할머니의 사랑을 아낌없이 받았던 기억을 꺼내어놓는 사람들을 나는 언제나 반쯤은 부러운 눈길로, 반쯤은 아득한 마음으로 바라보곤 했다. 어머니를 엄마라고 쓰기 두려워지는 것과 마찬가지다. 할머니는 어머니를 괴롭혔던 사람. 새벽같이 일어나 두세 시간을 꼬박 아들의 밥을 차리는 데 보내던 사람. 어머니더러 부엌에 두세 시간 머물지 않는다고 타박하던 사람. 밤에 손톱을 깎는다며 소리를 지르고 손톱깎이를 채가던 사람. 뱀이 나오고 쥐가 나온다며 중얼거리던 사람. 어머니는 할머니를 모시고 사는 동안 괴로워했고, 매일같이 앓아누웠고, 귀가 어두운 할머니에게 소리가 닿지 않는 집 안의 가장 구석진 곳으로 나를 데려가 미안하다고 말하며 때렸다. 미안해. 미안해. 엄마가 너무 괴로워. 너무 힘들어서 그래. 미안하다고 말하며, 미안하다는 이유로, 그 이유만으로 누군가가 누군가를 때릴 수 있다는 것을 그때 이해했다. 나는 일곱 살 혹은 여덟 살이었다.

*

엄마, 할머니가 안 일어나요.

할머니의 방은 집 안에서 가장 어둑한 곳이었다. 할머니의 해묵은 세간살이가 많아 창문을 가렸기 때문인지, 원체 방에 해가 들지 않기 때문인지는 알 수 없었다. 어둡고, 비릿한 냄새가 나고, 또다시 어둑한 공간. 점점 더 어두워지는 공간. 아침 드시라고 할머니 좀 깨워, 어머니가 말했던가. 기억나지 않는다. 다만 아귀가 맞지 않아 끽끽대는 문을 삐걱 열고 고개를 들이밀었을 때 눈앞에 어두운, 거의 새카만 이불이 넘실거렸던 것은 기억난다. 새카만 것은 할머니의 이불이 아니라 할머니의 얼굴이었다. 검버섯이 낀, 피부를 움푹 파고들 만큼 주름이 자글자글한, 여든여덟 해를 살아온 여자의 얼굴. 일제강점기가 시작된 이듬해 태어나 전쟁에서 살아남고 유신독재를 살고 새천년을 통과할 뻔한 얼굴. 이제 더는 산얼굴이 아닌 얼굴. 문밖 부엌에서 식기들이 달그락대는 소리를 들으며 나는 그 얼굴을 한참 들여다보았다. 영겁같은 시간이 흘러가거나 혹은 전혀 흘러가지 않았다. 차마 만져볼 엄두는 내지 못했다. 얼어붙었다,라는 표현이 적절한지는 알 수 없다. 다만 주변이 일순간 서늘해지고, 추워지고, 한층 더 어두워졌던 것 같다는 어렴풋한 느낌이 있었을 뿐.

할머니는 그날 일어나지 않았다. 아침을 먹지 않았다. 여름이었고, 비가 내렸고, 아침이었다. 나의 생일로부터 이틀 뒤였고, 그러니 막 아홉 살이 된 참이었다. 그날은 아무도 아침을 먹지 않았다. 할머니가 많이 아프시니까 이번 생일 파티는 나중에 하자, 아버지가 이틀 전 말했던가. 생일 케이크를 먹지 못해 아쉬워했던 기억이 설핏 나는 듯도 하다. 할머니가 어디가 아팠는지는 그 후로도 오랫동안 알 수 없었고, 묻지도 않았다. 어머니가 오랜 세월 어디가 아팠는지 오랫동안 몰랐던 것처럼.

나와 동생은 장례식에 가지 않았다. 엄마, 할머니가 안 일어나요,라는 말에 개수대에 서 있던 어머니가 두 손에 붙잡고 있던 모든 것을 떨어뜨리고, 어머니와 아버지의 얼굴에 생전 처음 보는 표정이 떠오르고, 그 순간 모든 소리가 일제히 울리며 소란이 일고, 전화벨이 울리고, 시신이 옮겨지고, 아버지가 울음을 터뜨리고, 친척들이 웅성대며 방문할 동안, 문소리와 발소리와 두런대는 소음들이 끝없는 동안 나와 동생은 그 모든 소리가 닿지 않는 집 안의 가장 캄캄한 구석에 가만히 웅크려 있었다. 할머니는 순식간에 사라졌다. 세간살이가 단숨에 치워진 방은 텅 비어 있는데도 여전히 좁았다. 할머니의 방은 나의 방이 되었다. 오후에 햇살이 잠시 겨우 깃드는, 집 안에서 가장 어두운 방이었고 그 방에서 나는 오래도록 악몽을 꾸었다.

할머니가 세상을 떠난 뒤, 아버지는 건설회사를 관두고 사업을 시작했고 어머니의 그늘은 천천히 옅어지기 시작했다. 아버지가 창경궁 앞거리, 은평뉴타운 같은 도시계획 사업에 외주 용역으로 참여하고 어머니가 설거지와 빨래와 청소를 하는 동안 나는 100점이 아니라 96점을 받았다는 이유로 매를 맞았다. 완벽해야지. 1등 해야지. 내가 널 어떻게 키웠는데. 널 성장시키는 애들, 잘난 애들이랑만 놀아야지. 현지 집에 있나요? 친구들이 전화를 걸어오면 없으니까 끊어라, 부엌에 있는 어머니가 엄중히 내뱉는 목소리가 또렷이 들려오는 내 방은 부엌에서 가장 가까운 방, 부엌 옆 다용도실을 향해 창문을 낸 방이었다. 할머니가 굽은 등으로 똬리를 틀듯 앉아 있던 방.

속옷 바람으로 내쫓기는 몸이 있었고 밖에서 방문을 걸어 잠그는 손이 있었고 첫사랑에게 문자 메시지를 보내려고 몰래 가져다 쓴 휴대전화가 바닥에 내던져져 산산조각 나는 소리가 있었다. 빨래 너는 등을 향해 가운뎃손가락을 치켜올렸다가 베란다 유리로 그 모습을 본 어머니가 홱 고개를 돌리는 밤이 있었다. 도시락 반찬을 학교 화장실 변기에 버리는 날들이 있었다. 더러운 행주로 식탁 대신 수저를 닦던 저녁들이 있었다. 방문 언저리에서 발소리라도 나면 화들짝 선잠에서 깨고, 다시 간신히 눈을 감으면 꼼짝없이 누운 내 주변으로 손들이 달려들어 함부로 몸을 만지는 꿈이 이어졌다. 이제는 눈을 감지 않고도 떠올릴 수 있을 만큼 잦은 악몽.

한국전쟁 종전 직후, 사십 넘어 낳은 까마득한 늦둥이 막내아들을 애지중지 키우고 끝끝내 함께 살겠다고, 손자를 꼭 보겠노라고 이를 갈던 늙은 여자가 있었다. 잔병치레로 사십이 다 되어 수녀 생활을 관두고 느지막하게 결혼한 뒤 원치 않는 가정주부가 되어 늦깎이 부모 노릇을 하느라 몸과 마음을 갈던 중년 여자가 있었다. 그의 집에서 아들 아닌 존재로 자란 여자아이는 눈치를 보느라 하루를 다 쓰는 십 대가 되었다. 어떻게든 집을 떠나려 애쓰던, 마침내 멀리 떠나왔다고 믿었던, 때늦은 분노에 치를 떨던 나날을 겨우 지나 딸이 삼십 대에 접어들었을 때 어머니는 칠십 대가 되었다. 할머니의 손을 닮아가는 어머니의 손. 늙은 여자. 영영 뿌리치고만 싶던 그 손.

*

그런데 왜.

비 오던 그날 밤, 낯모를 늙은 여자가 내게 건넨 것도 아닌 그 손짓에 왜 마음이 온통 휘청거렸던 건가. 할머니. 불현듯 그 단어가 떠오른 이유는 무엇인가. 이리 와. 이리 와야지. 아유, 이리 오라니까. 자글자글 주름진 손을 허공에 흔들며, 덥석 잡으며, 원치 않았던 가까움을 당연하다는 듯 요하던 몸짓. 늙은 여자의, 할머니의 손길. 잘못 봤나. 빠르게 시선을 피했다 알 수 없는 힘에 이끌려 다시 그를 바라보았다. 늙은 여자는 다만 자신이 앉은 옆자리의 빗물을 닦아내고 있었다. 한 손으로 간신히 받쳐 든 비닐우산 밑으로도 빗물이 새다시피 뚝뚝 떨어지고 있는데.

또 다른 늙은 여자, 잊을 수 없는 늙은 여자를 본 적 있다. 아마 몇 년 전 여름이었을 것이다. 매미 소리가 지천이고 매캐한 줄도 모르는 사이 매연이 콧속을 헤집던, 절절 끓는 아스팔트 바닥 위로 아지랑이가 피어오르는 아찔한 낮이었다. 한 늙은 여자가, 나로서는 뒷모습만 보였기에 얼굴은 알 수 없었는데, 10차선 도로를 천천히 가로지르고 있었다. 걸음걸이는 교통신호와 무관했다. 파란불이 켜졌다가 빨간불이 되었는지, 애초에 빨간불이었는지 알 수 없다. 도미노를 엎은 듯 경적이 사방에서 일제히 울려 퍼졌다. 여자는 아무것도 듣지 못한 듯 묵묵히 앞만 보고 천천히, 아주 천천히, 너무도 천천히 걸었다. 굽은 등으로, 걸어서, 기어이 길을 다 건넜다. 귀청이 떨어질 듯한 소음으로 몸을 가만 감싸고는. 모든 방향의 모든 차들을 멈춰 세우면서. 그 영겁 같던 시간 동안 나는 얼어붙은 채, 아니 주변이 일순간 서늘해지고 추워지고 한층 더 어두워진 것 같은 어렴풋한 느낌 속에, 그를 지켜보았다. 입에서는 아무 소리도 나오지 않았고 눈은 그에게만 고정되어 있었다. 주먹을 쥐었던가. 기억나지 않는다. 주변에 다른 누군가가 있었던가, 여자를 멍하니 바라보던 게 나뿐이 아니었던가. 기억나지 않는다.

　다만 할머니, 할머니라는 단어가 떠올랐을 뿐.

평생 허약했던 몸을 여기저기 깁고 메우고 떼어내고 치료해온 굽은 등의 어머니가 또 한 번 병상에 누워 있던 어느 날, 몸을 일으켜주려고 손을 잡았다가 자글자글 주름진, 메마른 손의 감촉에 화들짝 놀라며 놓칠 뻔했던 적이 있다. 늙은 여자의 손. 그릇을 씻고 음식을 만들고 청소기를 돌리고 빨래를 탁탁 널고 전화기를 쾅 내려놓고 딸의 뺨을 때리던 손. 묵묵히 고된 나날을 통과하며 캄캄해진 손. 비가 세차게 쏟아지던 그날 밤 그러했듯, 내가 오래도록 숱하게 오해해온 손. 착각 속에 가까워지려다 화들짝 놀라며 멀어지던 손.

집 안에서 가장 어둡던 그 방은 이제 안 쓰는 세간살이를 모아두는 창고가 되었다. 사업이 망한 뒤에도 아버지가 내내 버리지 못한 도시계획 관련 책들과 어머니가 오래전 읽던 교육법 책들 위에는 먼지가 뽀얗게 쌓였다. 그리고 계절과 무관하게 주변이 일순간 서늘해지고 추워지고 한층 더 어두워지는 어렴풋한 느낌 속에서, 아찔한 악몽의 기억 속에서, 나는 요즘도 늙은 여자의 손을 떠올린다. 이제 어머니는 묵묵히 앞만 보고 천천히, 아주 천천히, 너무도 천천히 걷는다.

물웅덩이에 비친 나무의 상층부를 보면 나무의 줄기를, 둥치를 상상할 수 있는가. 겹겹의 번역이란 물웅덩이에 비친 나무의 상층부만을 보는 행위이자 물그림자로밖에 나무를 볼 수 없다는 한계의 선언이다. 타인의 생이 나뭇가지라면 그것은 겹겹의 번역을 통해 나에게 도달되며, 그마저도 일부의 이미지로써 와닿게 된다. 각각의 생은 실재하나 그 생의 표현은 이미지로 존재할 수밖에 없다. 묘사, 설명, 타자와의 대화, 움직임, 목소리…… 겹겹의 번역을 통과하면서 이미지는 물웅덩이 속 나무의 일부만큼 협소해진다. 다만 그 협소함을 전달할 수밖에 없다. 생을 표현하는 행위 안에 이미 죽음이 자리해 있다. 소거와 탈락으로써의 죽음. 그러나 둥근 무덤 위로 수백 년 동안 활보하듯 자라나고 있는 나무처럼 말하기는 계속해서 가지를 뻗는다. 어디에든 닿기 위해. 단 하나의 가지라도. 누군가는 실재가 아닌 물그림자만을 바라볼지라도.

3부

곁

스무 살, 봄, 몽우리

무엇을 잃어버렸는지도 모르고 무엇을 잃어버렸다는
감각만 지닌 채 하루하루 발을 내딛던 시절이 내게도 있
었다. 과연 잃어버린 것이 있기는 했는지, 잃어버렸다는
감각 속에 힘껏 파묻히고 싶었던 것은 아닌지, 잃어버렸
다는 믿음 자체를 붙잡기 위해 애썼던 것은 아닌지, 십
년이 훌쩍 지난 다음에야, 아니 그런 다음에도 어김없이
뒤돌아보게 되는 시절.

*

스무 살

불운한 작가의 생을 소문처럼 늘어놓으며
충분히 불운하지 않아 불행한 선생은
말한다 그가 불운했다는 사—실
사—실을 길게 늘인다
짧게 발음하면 있었던 일도 있었던 일이 안 된다는 듯
그—사—실

낡은 창틀 허름한 교실
곁에 아무도 없이
그녀는 사—실이라는 단어를 되뇐다
삐걱삐걱
네가 떠났다는 사—실

지각한 학생처럼 빛이 곁에 와 앉는다

활짝 핀 마음들은 바깥에나 있었다
웃는 일에도 힘이 필요해서 조심하며 웃는다
네가 여기 없다는 사—실

그녀는 선생의 눈동자를 들여다본다
눈동자 속을 들여다본다
해서 서로를 바라보는 것은 아님을
알고 있는 나이였다
이—미
눈보다 뒤통수를 바라보는 게
더 편한 나이였다
사—실을 말하는 눈동자는
온통 새까맣고 그 어둠 속에서
빛을 찾으려 애써본다

애—써—본—다

상기된 볼의 솜털들보다
인중 위 무성한 잔털에
눈길이 가는 나이였다

언제나 사 — 실이 중요합니다
눈을 감는다

활짝 핀 마음들은 바깥에나 있었다

*

'스무 살'이라는 제목의 시를 쓰던 때로부터도 어느
덧 수년이 흘렀고, 그래서 '사 — 실'이라는 단어를, 학
부 시절 가장 존경하면서도 미워했던 선생님이 즐겨 쓰
던 톤으로 입속에서 굴려보니 봄밤 하염없어진다.
어쩌다 운 좋게 살아남아 스무 살을 통과할 수 있었지
만 돌이켜보면 스무 살은 '남들보다' 약간 늦게 겪은 사

춘기였다. 기껏 입학한 대학을 매일 서너 시간씩 버스로 왕복하며 더는, 이렇게는 살고 싶지 않다고, 내가 꿈꿨던 스무 살은 이런 모양이 아니었다고 줄줄 울면서 세차게 도리질하다 충동적으로 자퇴서를 제출한 것이 4월 5일 이었다. 어떤 날짜든 기억하는 데는 영 젬병인데 그날 은 똑똑히 기억한다. 신입생 오리엔테이션에서 누군가 불쾌한 춤을 추었고, 기분 나쁜 농담을 던지는 누군가의 입을 바라보며 모두가 천둥처럼 웃어젖혔고, 저더러 선 배라고 부르라는 사람들이 대야에 소주를 붓고 돌아가 며 다 마시라면서 낄낄대는 걸 보았다. 수업 시간에는 멍하니 딴 데만 보다 책을 덮자마자 우르르 몰려나가며 비로소 와글와글 입이 트이는 사람들 사이에서 동참할 수 있는 대화 소재를 도무지 찾지 못했고, 종일 현기증 이 났다. 스무 살이 되면 모든 게 한순간에 뒤바뀔 거라 는 주술, 신세계가 펼쳐지고 무한한 자유를 누릴 것이며 청춘의 환희가 뒤통수 주변을 후광처럼 감쌀 것이라는 터무니없는 계시를 지극히 믿었던 순진해빠진 스무 살 은 매일 대차게 뒤통수를 맞았다. 매일 누군가 죽었다.

대학이라는 규범적 정상성 한 줌은 어떻게든 얻고 싶어서 수능을 다시 치르고, 또다시 치렀다. 해를 거듭하며 성적이 점점 곤두박질쳤기에 자퇴했던 대학에 재입학 원서를 냈다. 이 년 전에 왜 자퇴했던 거지요, 뭐 별이유 아니네, 스무 살은 원래 다 그런 거예요, 쯧쯧, 다시입학하면 어떻게 지낼 건가요, 재입학하게 되면 자퇴하던 그 학기에 들은 여섯 과목의 성적이 모두 F로 되살아나는 건 알겠지요, 전부 재수강하기 바랍니다, 허튼 생각은 좀 그만하고, 하는 말들이 꽂혀들던 연구실에서 학과장 교수와 면담을 하고, 그렇게 스물두 살에 스무 살을 다시 시작했다. 또래들과 영 뒤섞일 수 없다는 생각으로 (혹은 절대로 저들과 뒤섞이고 싶지 않다는 오기로) 터질 듯 팽팽히 부풀어 있던 시절이었고, 학교에서는 그 누구와도 말을 나누지 않았으며 오로지 땅만 보고 걸었다. 나를 제외한 다른 이들은 전부 다 활짝 피어 있는 것 같았고, 어쩐지 내게만 자꾸 스산한 그림자가 드리우는 것 같았다. 허름한 강의실은 계절에 상관없이 너무 추웠고, 어깨를 떨면서, 사방에서 묘한 이질감을 느끼면서 동시에 그 이질감을 외투 삼아, 혹은 무기 삼아 더욱 겹겹이, 꼼꼼히 덧칠했다. 상처 위에 내려앉은 딱지를 구태여 열어서 피를 내는, 자꾸만 새살을 덮고 다시 열며 통증을 지속시키는 것에 기묘한 뿌듯함을 느끼기도 했다. ('너희'가 정녕 누구인지도 모르는 채) 나는 너희와는 다르다고, 누구에게도 뱉지 않았으나 속으로는 비죽거리는 마음을 내내 호신용품처럼 간직했으며 그 냉소가 행여 눈빛에서라도 새어나올까 두려워하면서도 내심 어느 순간에는 줄줄 흘러나오길, 그래서 주변의 모든 것을 꽁꽁 얼려버리길, 저 생기로운 가지와 줄기들을 모조리 꺾어버리길 기도했다. 대상을 알 수 없는 적의가 펄펄 끓던, 이질감이든 불쾌감이든 적대감이든 설명할 언어가 없던 시절. 그 시절을 이제는 지나왔다고, 명백히 삶의 다른 계절로 접어들었다고 인식한 분기점이 여럿 있었음에도 언제고 스무 살의 봄으로 돌아갈 수 있다.

사춘기思春期가 봄을 생각하는 시기인 까닭은, 사전에 따르면 '춘정을 느끼는 때'라서이다. 그러나 봄을 헤아

리는 시기가, 보드라운 잎이 돋고 향그러운 꽃이 피고
만물이 기지개 켜며 깨어나는 시기가 아름답기만 한가.
한없이 어지럽고 불안하며 무언가의 징조, 무언가의 냄
새가 불쾌하게 짙어지고 만사가 몽우리처럼 여겨지지
않는가. 안에 무언가 고이고 뭉쳐서 덩어리져 있으나 아
직 팡 터지거나 꽉 맺히지 않는, 얇은 막 안에 든 애벌레
처럼.(꿈꾸는 애벌레가 새봄을 맞아 눈부신 나비로 거듭
난다는 신화는 더 이상 믿지 않는다. 믿지 않는다고 말
함으로써 달음질친다. 달음질치면서 말한다. 제논과 거
북이처럼 계속해서 달음질쳐야 극복과 초월의 신화로
부터 가까스로 거리를 둘 수 있으므로. 무한으로 향하며
그 거리가 좁혀지더라도 결코 만나지는 못하도록.)

　시간은 결코 선형적으로 흐르지 않는다. 나는 계속해
서, 끈질기게, 과거의 몇몇 시점으로 돌아간다. 어제가
오늘로 오고 오늘이 내일로 가는 것처럼 보이지만 단지
해가 뜨고 지는 유구한 공전궤도와 일력의 작동이 있을
뿐 우리는 몹시 오랫동안, 상상할 수 없을 만큼 오랫동
안 '어제'에 머물 수도 있고 결코 도래하지 않을 미래 속

에 푹 잠겨 있을 수도 있다. 그러니 어쩌면 나는 아무것도 상실하지 않은 채 상실의 이미지를 한없이 반복하던 스무 살을 결코 상실할 수 없을지도 모른다. 누구에게나 폐허의 잔해처럼 품고 있는 시절이 있을 것이며 내게 그것은 전혀 놀랍지 않게도 스무 살이다.

*

절대로 죽지 않고 증오하는 것들에 맞서기 위해 악착같이 스무 살이 되고 싶었으나 막상 스무 살이 되었을 때는 내일이 온다는 게 끔찍했다. 사랑하고 미워하던 나의 선생님이 입이 닳도록 외쳤던 사—실처럼, 몇 날 며칠 입안에서 굴리던 구절들이 있었다. 세상의 반대편으로 가고 싶다는, 지금—여기가 아닌 시공간으로 달음질치고 싶다는 시와 소설과 노래의 구절들. 스무 살에 나는 죽도록 쉬고 싶었고, 요즘도 '죽도록 쉬고 싶다'는 문장은 때때로 울컥 가슴에 치밀지만, 웃는 일에도 힘이 필요하기에 나는 지금도 조심하며 웃지만, 그리고 여전히 나를 비롯한 어떤 이들을 떠올릴 때는 충분히 불운하지 않아 불행하다고 종종 생각하지만, 활짝 핀 마음들이 바깥에만 있지 않다는 사실을 이제는 조금 안다. 지금은 안다고 말하지만 어느 순간에는 책장을 탁 덮듯 새까맣게 잊어버릴지도 모른다. 시간은 결코 선형적으로 흐르지 않으므로. 그러니 어떤 의미에서 스무 살은, 『짧은 이야기들』황유원 옮김, 난다, 2021 속 앤 카슨의 문장을 변주하자면, 우리 뒤를 따라오며 걷는다. 죽은 이들과 마찬가지로, 과거는 소리쳐 부르지 못하지만, 우리가 뒤돌아보기를 간절히 바란다.

다시, 몽우리 같은 봄이다. 상실한 것들이 줄줄 넘쳐흐르는. 무엇을 상실한 줄도 모르고 여기저기 마음들이 활짝 피어나고, 질투의 눈초리로 그것들을 노려보다가도 어느새 불현듯 순해지는. 그렇게 계절과 계절 사이를, 시절과 시절 사이를 진자운동하는 봄.

눈을 감는다.

그래서 제대로 보이느냐고 묻는다면

쓰고 있던 안경을 벗어 눈앞에 대본다. 수없이 많은 흠, 언젠가 베개 혹은 이불에 뭉개지며 생겼을 얼룩, 빗물이 튄 흔적, 심지어 손가락 지문 같은 자국도 있다. 안경 좀 닦아라. 친구들이 애정 어린 핀잔을 건네는 것은 그들의 눈과 내 눈 사이의 투명한 장막이 얼룩져 있기 때문이다. 그래서 제대로 보이느냐?

눈을 고쳐 떠도 눈물 자국이 어른거리는 시야를 깨끗이 닦아낼 마음이 내게는 대체로 없는 편이고, 보드라운

천을 가지고 다니며 때마다 우아하게 꺼내 안경을 닦을 필요성도 느끼지 못한다. 무슨 재질의 옷을 입고 있든 대강 입김을 불어 슥슥 닦은 뒤 얼룩이 지워졌나 제대로 확인하지도 않고 다시 쓴다. 어느 미술관에서 전시장에 들어서기 전 안경을 닦다가 문득, 안경을 닦는 법이 없는 사람에게 주변 사람들이 핀잔을 주는 내용으로 시를 쓰기도 했다. 그 시는 어디에 던져놓았는지 알 수 없지만 그 순간의 날카로운 감각만큼은 여태 남아 있다. 흐린 눈, 명료하지 않은 시선을 고집스레 옹호하고 싶었던 나의 모호한 욕망까지도.

　도마야, 너는 보아야 믿느냐. 초등학교 시절 성당 여름 캠프에서 누군가 낭송했던 구절을 때마다 떠올린다. 너는, 보아야, 믿느냐……. 시선이라는 권력을 기꺼이 거머쥐고서 낄낄대며 대상을 훑고 함부로 별점 남기는 데 익숙한 사람, 쉽게 보고 본 것만으로 손쉽게 판단하곤 그것으로 전부를 이해했다고 눈길을 곧장 돌리는 사람은 결코 되고 싶지 않았다. 말하자면 눈으로 보지 못하는, 보이지 않는 세상에 이끌렸다.

책이라는 매체에 담긴 이야기의 세계는 눈으로 읽히 더라도 눈앞에 보이지 않는다.(눈으로만 책을 읽을 수 있다는 주장에도 미미한 반기를 들고 싶다. 언제나, 묵독보다 훨씬 이전에 낭독이 있었음을.) 읽는 자가 읽히는 것을 상상해야만 페이지를 넘길 수 있으며, 때로는 내면의 눈까지도 꼭 감은 채 목소리를, 혹은 책의 가장자리에서 들려오는 온갖 소리를 떠올려야만 안으로 들어설 수 있는 이야기들도 있다.

길거리 소음, 어느 가게 앞 어수선한 공기, 깊은 숲속 생물의 소리, 비와 천둥 같은 날씨의 소리들. 외국어가 난무하는 이국의 골목들과 주인공이 머무는 퀴퀴한 호텔의 오래된 선풍기 소리, 폭탄 터지는 소리, 사랑하는 이의 심상치 않은 기침 소리, 어둠 속 발소리, 어린아이가 듣는 시계 초침 소리, 우유 배달부의 외침과 마차의 종소리, 그러니까 규칙 없이 분절되고 끝 모르게 늘어지는 모든 소리가 종이 위에 언어를 경유해 펼쳐질 때, 그 것은 눈으로 읽히는 단어의 다발만이 아니라 지극히 공감각적인, 때로는 초감각적인 심상을 불러일으키는 무언가가 된다.

*

아버지는 눈이 너무 나빠 군대에 안 갔다. 음의 부호
가 붙는 22디옵터. 마지막으로 시력검사를 했을 때가 십
여 년 전이니 아마 세월이 흐르며 그보다 훨씬 나빠졌
을 것이다. 삼 년 전쯤 백내장 수술과 더불어 일종의 노
년 라식 수술을 통해 새로운 눈을 얻은 뒤, 아버지는 육
십여 년 내내 미간을 찌푸리고 봤던 것을 또다시, 또다
시 들여다봐야 하는 생활로부터 해방되었으나 그에게
도, 또 내게도 아버지의 족쇄 같은 안경은 잊을 수 없는
사물이다.

집요하리만치 꼼꼼하고 깔끔해 내 안의 원초적 남성
성을 '세심함'으로 규정하게 만든 아버지의 귀가 후 첫
번째 루틴은 일 분 넘게 손 닦기, 그다음 안경 닦기였다.
소유한 모든 사물을 새것처럼 관리하는 데 도가 튼 아버
지의 안경에는 흠 하나 없었고, 이후로 본 모든 안경을

통틀어 가장 두껍고 무거웠던 안경알은 늘 통과된 사물을 한껏 작아 보이게 만드는 동시에 선명하게 비추었다. 여섯 살 무렵이던가. 욕실로 들어간 아버지 몰래 안경을 들어 써본 뒤 곧장 아찔한 현기증에 주춤거렸다. 하지만 코앞에 놓인 풍경이 일순간 흐려지며 어른거리는 형체로 탈바꿈하는 장면은 어쩐지 은밀한 중독성이 있어서, 그날 이후로도 나는 몰래 아버지의 안경을 써보곤 했고 몹시 들뜬 나머지 세 살 동생에게도 진귀한 경험을 권하곤 했다.

처음으로 아버지의 눈을 안경 없이 바라본 순간도 선명하게 떠오른다. 안경을 쓴 아버지의 눈은 아득히 멀고 작게 보였으나, 지나치게 두껍고 무거운 투명 필터를 제거하면 곧장 커다란 눈이 드러났다. 과로에 때꾼해진 눈가와 눈 밑 잔주름, 이미 사십 대 이전부터 깊게 파인 미간의 선까지 선연해졌다. 그 모습은 경이롭고 아름답다기보다는 아득하고 공포스러웠다. 클라리시 리스펙토르의 단편소설 「소피아의 재앙」『달걀과 닭』, 배수아 옮김, 봄날의책, 2019에는 '나'(소피아)가 늘 조롱 조로 몰래 괴롭히

던 교사의 눈을 처음으로 안경 없이 바라보는 장면이 등
장하는데, 소피아 역시 교사의 맨눈을 처음 본 순간 경
악한다. 속눈썹이 짙은 두 눈이 그녀를 빤히, 맹목적으
로 바라보자 자신이 능수능란하게, 그리고 몰래 바라보
며 통제하고 있다고 여겼던 대상에게 자신 역시 '보이
는' 대상이라는 사실을 깨달으며 생경한 공포에 사로잡
힌 것이다. 교사의 눈이 바퀴벌레 같았다고, 여덟 살 남
짓의 소피아는 쓴다. 그리고 두 손으로 입을 가린 채 시
선으로부터 도망친다.

아버지의 맨눈을, 안경에 가려져 있던 날것의 눈을 처
음 본 이후로, 나는 무수히 많은 영화에서 마음속 깊은
진심을 이야기하려는 사람들이 안경을 벗는 모습을 마
주치게 된다. 대상을 바라보다 안경을 벗고, 마른세수를
하고, 한숨을 옅게 내쉰 다음, 다시금 시선을 대상에게
고정한 채, 그들은 숨겨왔던 진실의 말을 뱉는다. 수없
이 반복된 장면들을 유심히 지켜보며 풀리지 않는 의문
이 남았다. 마치 안경을 벗는 행위가 있는 그대로의 마
음을 드러내는 행위를 은유하거나 그것을 예고하는 듯

한데, 사실 안경을 벗자마자 진입하게 되는 건 모순적이
게도 또렷함이 사라진, 불분명하고 흐릿한 덩어리의 세
계이지 않은가. 나는 그 장면들을 이렇게 해석하기로 했
다. 누군가 본심을, 속얘기를 꺼낼 때는 필사적으로, 상
대를 똑바로 보지 않기 위해 안경을 벗는 거라고. 똑바
로 보게 되면 곧장 겁에 질릴 테니까.

*

(탁) 5.

(탁) 2.

(탁) 8……? 아닌가, 6인가…… 아니다, 9요…….

(탁) 안 보여요.

(탁) 안 보여요.

(탁) …… 안 보여요.

모든 종류의 검사가 그러하듯 시력검사 역시 옅은 수
치감을 동반한다. 저번 검사 때는 보였던 기호가 더는

보이지 않는 경험을 하게 되는데, 아무리 눈을 감았다 떠도 흐릿함은 그대로여서 순간적으로 차오르는 먹먹함은 어쩔 도리가 없다.

고객님은, 사위량이 많아요. 그게 뭐냐면, 시선이 틀어져 있다는 건데요, 사물을 볼 때 항상 긴장 상태로 있기 때문에 피로감이 빨리 오게 돼요. 또래 분들이나 뭐, 일반적인 수준에 비해서도 사위량이 굉장히 많네요. 이 현상이 더 심해지면 사물이 두 개로 보이게 될 수도 있어요. 평소에 눈이 뻑뻑하거나 피곤하다는 생각 많이 하실 거예요. 어떻게 하면 되냐면요, 가까운 사물 말고 저 멀리, 저기 저 아파트 뒤쪽 산 있죠, 저런 먼 데에 시선을 고정하고 계시면 돼요. 무조건 멀리, 멀리 보셔야 해요. 그리고…… 나이가 아직 젊으신데, 중년안이 있네요. 이건 뭐냐면, 말 그대로 눈의 탄력성이 떨어져서 멀리 보고 가까이 보는 것의 차이를 빠르게 감지하지 못하고 모드 전환을 못 하는 거예요. 초점 전환이 느려지는 거죠. 어르신들이 돋보기 쓰는 이유랑 비슷한 거라고 보시면 돼요. 그래도…… 아직은 젊으시니까…… 눈 자체에 근력이 아주 없진 않거든요. 눈을 잘 쉬어주면 좋을 것 같아요. 멀리 보시고요, 멀리.

틀어진 시선과 긴장한 눈, 먼 것과 가까운 것을 구분하지 못하는 눈.

아버지는 삼십 대 후반에 중매로 어머니와 결혼했는데, 이따금 어머니의 시력이 좋아서 결혼했다는 농을 치곤 했다. 실제로 어머니의 눈은 커다랗고 맑을 뿐 아니라 속눈썹은 숱이 많고 시력까지 좋아 오십 대를 훌쩍 넘기고도 미간을 찡그리는 대신 동그랗게 뜬 채로도 멀리 있는 표지판을 줄줄 읊을 수 있을 정도였다. 눈 좋은 사람과의 사이에서 아이를 낳으면 자신의 극심하게 나쁜 시력이 유전되지 않을 수도 있다는 순진한 희망을 아버지는 은밀히 품었을 것이다. 그러나 어머니가 발품 팔아 구비한 중고 세계문학 전집과 위인 전집을 조명 환경과 무관하게 펼쳐 드는 바람에 내 눈은 빠르게 나빠졌다. 나는 아버지와 정반대로 안경을 쓰는 족족 부러뜨리거나 휘게 만들어 늘 비뚜름한 시야를 유지했다. 이제는 비뚜름한 시야에 틀어진 시야, 거리를 분간하지 못하는 시야까지 찬찬히 얹어지고 있다. 소프트렌즈를 눈알 위에 덧대듯이, 그렇게 한 겹씩.

*

저만치서 걸어오는 누군가의 실루엣이 두 개였다가 슬슬 겹쳐졌다가 다시 두 개가 되는 순간을 맞이할 때마다 눈을 감는다. 사방이 막혀 있어 멀리 보는 것이 쉽지 않을 때에도 눈을 감는다. 렌즈를 낀 채로, 혹은 안경을 쓴 채로도 알 밑으로 손가락을 넣어 눈두덩이 위에 올리고 눈을 감는다. 눈앞에 보이는 모든 것이 아지랑이처럼 흔들릴 때, 그 어질어질하며 비틀거리는 시야를 그 자체로 수용하는 법을 나는 천천히 배우게 될 것이다. 시각 대신 다른 감각을 여는 법을 깨우치게 될 것이다. 가령, 비 내리는 날 우산 밑으로 뚝뚝 떨어지는 빗방울의 단속적이면서 동시에 연속적인 소리, 맞은편에서 걸어오는 사람들의 말소리를 듣는 법을.

"방금 저 사람 봤어?" "저거 봤어?" 하는 질문에 나는 한 번도 제대로 답한 적이 없는데, 그것은 길거리에서 마주치는 얼굴을 유심히 보는 데 관심이 많지도 않거니와 또렷이 보이지도 않기 때문이다. 그 대신 말소리를, 목소리를, 어조를, 특정 단어를 발음하는 방식을 귀기울여 듣는다. 토요일에, 엄마가 먼저, 미친, 내가 진짜, 같이 있었는데, 그랬다니까? 어쩔 수 없지! 어느 틈에 가까워졌다 휙 멀어지는 틈새에서 귓가에 꽂혀드는 문장의 조각들을 들은 뒤 혼자서 똑같이, 나직하게 발음해보는 것은 나의 비밀스러운 습관 중 하나다. 토요일에, 엄마가 먼저, 미친, 내가 진짜, 같이 있었는데, 그랬다니까? 어쩔 수 없지!

왼쪽 발뒤꿈치에서 튀어 오른쪽 종아리에 닿는 물방울, 저벅거리는 진흙의 감촉, 이 발소리와 저 발소리의 차이(어디에 무심함이 있고 어디에 조심스러움이 있고 어디에 무례가 있는지, 때로는 들을 수 있다), 누군가의 등에서 끼쳐오는 냄새, 벅벅 목덜미며 팔뚝을 긁는 소리, 다시 찰박찰박하는 발소리들. 귀는 눈처럼 닫을 수도 없으니 어쩌면 우리의 눈보다도 귀가 더 피로할 텐데, 노이즈 캔슬링 헤드폰을 쓸 생각은 한 번도 해본 적 없고 앞으로도 안 할 것이다. 채도며 해상도며 한없이 높아만 지는 세상에서 고도로 정밀한 시야를 추구하는 일은 징그럽게 여겨진다. 어차피 끝끝내 인간의 눈이 볼 수 없는 것은 남아 있으므로. 차단하고 싶은 소리를 전부 차단하는 일이 불가능하듯이.

그래서 제대로 보이느냐고?
이것이 이 질문에 대한 나의 어지러운 답이다.

광막한 밤바다의 녹틸루카 신틸란스

이번 영상 주제는 뭘로 할래?

친구들과 함께 만드는 북튜브 「채널수북」의 2024년 첫 업로드 영상은 무엇을 주제로 삼을지 고민하며 단톡방에서 여러 이야기가 오갔다. 마침내 '책을 읽는 이유'로 주제가 정해졌을 때, 반갑고 들뜨기보다는 막막했다. 아주 오랫동안 별달리 고민해보지 않았던 질문이었기 때문이다. 책을 왜 읽는가? 재밌고 자극적인 콘텐츠가 가득한 세상에 왜? 어떤 이들에겐 유별나다, 할 일이 그렇게 없느냐는 눈 흘김을 받으면서 비용 대비 효율적이지도 않고(이 표현을 쓰면서 진저리가 쳐진다) 때로는 완독하기에도 힘에 부치고, '남들'이 다 좋다는데 내겐 심드렁함 혹은 심지어 불쾌함까지 남길지도 모르는 책을, 대체 왜 읽는가?

편안하게 이야기 나누기로 했으나 막상 질문에 대한 답을 곰곰 생각하려니 몇 날 며칠 머리가 지끈거렸고, 뭐라도 써봄으로써 나름의 답을 구해보자는 결심이 섰다. 그렇게 해서 메모장에 기다란 메모가 작성되었다.

*

제목: 책을 읽는 이유?

나의 경우, 협소한 자아를 벗어나기 위해서다. 내 삶의 물리적 반경은 매우 작고 미미한데, 이 세계는 언제나 광대하고 막막하다. 작고 미미한 '나'에 갇혀 있다는 생각이 들 때, 몸부림치며 그 자아를 벗어나고 싶을 때 책을 읽게 된다.

그런데 이때 작용하는 힘은 양방향이다. 한편으로는 나를 벗어나 전혀 다른 세계에 발을 들이고 싶고, 그 세계가 주는 새로움과 매혹을 치밀한 언어로 낱낱이 느끼고 싶다는 욕망이 발동하는데, 다른 한편으로는 그 까마득한 책 속 세계에서 나와 비슷한 무언가를 찾고 싶다는, 그것이 인물이든 장면이든 대사든 찰나의 감정이든, 그 비슷함 혹은 일치감을 향한 갈망이 동시에 작동한다. 독서 자체가, 특히 문학 독서는 일견 모순되는 욕망을 추동하고, 견인하며, 때로는 강화하는 행위인 셈이다. 타자에 잠기고 싶으면서도 동시에 타자로부터 달음질치고 싶고, 책 안에 비치는 나와 닮은 일면으로부터 곧장 눈 질끈 감고 고개를 돌리고 싶으면서도 동시에 그것을 바라보고 싶다는 모순된 욕망.

그런 의미에서 독서는 다분히 자의식적인 행위이며, 정확한 언어를 얻고 싶다는 욕망과도 닿아 있다. 자의식이란 자신이 처한 위치나 행동, 성격 따위를 깨닫는 일, 즉 (타자와 구별되는) 자기 자신을 아는 일이다. 자의식이 비대해지는 것을 예방하고 방지하자는 구호로 떠들썩

한 세상이다. 조롱의 대상에게 가장 흔히 쓰이는 표현 중 하나가 '자의식 과잉'일 만큼 현재 한국 사회에서 자의식은 웃음거리로 전락한 듯한데, 실은 자의식이라는 개념의 복권이 필요하다. 치밀한 자의식이야말로 공감과 연결될 수 있기 때문이다. 나는 타자와 결코 같을 수 없으며, 일치의 순간은 찰나일 뿐이나 바로 그렇기에 그 순간을 붙잡을 수 있다는 인식은 오랜 경험을 통해 얻어지지만, 때로는 독서라는 간접 경험을 통해서도 가능해진다. 특히 문학 읽기는 바로 그러한 깨달음을 선사할 수 있다.

또 하나, 책을 읽는 이유는 외로움이다. 자신이 속한 세계와 불화한다고 느끼는 순간, 우리는 스스로의 기이함을 낯설게 감지하는 동시에 주변 세계를 소스라치며 돌아본다. 내가 알던 세계(당신)가 맞나? 어안이 벙벙한 채, 기가 막힌 채, 어리둥절한 채 홀로 자문한다. 그러나 물음에 대한 답은 쉬이 구할 수 없다. 어쩌면 평생 손에 쥐지 못할지 모른다. 독서의 본성은 관계의 본질 혹은 삶의 본연과도 비슷해 깨달음의 찰나를 선사할 뿐, 붙잡지 않으면 영영 감각과 기억에서 떠나간다. 한 권

의 책, 한 명의 인간, 하나의 존재를 비로소 이해하는 데
는 평생이 걸린다. 어쩌면 평생을 내걸어도 이해하지 못
할 것이다. 그토록 숱한 이해 — 못함과 이해 — 안됨과
이해 — 못받음 속에서 고독에 소용돌이치며 삶을 헤쳐
나가는 동안, 우리가 붙들 수 있는 것은 다만 순간들이
다. 당신과 내가 진정으로 만났다고 느끼는 순간, 언어
를 넘어 우리가 이해에 도달했다고 느끼는 순간, 당신이
얼떨떨할 만큼 새롭게 보이며 그 새로움 자체가 황홀경
을 안긴다고 은밀히 확신하는 순간. 책을 읽음으로써 이
해 — 못함과 이해 — 안됨과 이해 — 못받음이 상쇄되
거나 사라진다고 말할 수는 결코 없겠으나 그 찰나만큼
은 진실하다.

협소한 자아를 벗어나기 위해서, 그리고 외로워서, 우
리는 책을 읽는다. '우리'라고 말하기 어려운 우리가 태어
난다. 협소한 자아를 벗어나고 싶으면서도 벗어나고 싶
지 않아서, 외로우면서도 외로움을 들키기 싫거나 외롭
다고 말하기 부끄럽거나 외롭지 않다고 외치고 싶을 때,
'우리'는 잠시 반짝이다 사라진다. 광막한 밤바다를 떠다

니며 푸른빛을 내는 플랑크톤 녹틸루카 신틸란스noctiluca scintillans처럼 경이롭고도 쓸쓸하며 다시금 경이롭게.

*

책을 읽는 모두가 그렇지는 않겠으나 나의 경우 꽤 오랫동안 함께 읽는 이들, '곁'을 찾아다녔다. 함께 읽으면 우리는 우리가 되는가? 그렇지 않다. 반짝거림은 역시나 찰나다. 곧 시공간으로서도 허물어질 연극 무대처럼. 책을 함께 읽는 우리는 끈끈하게 묶일 수 없기에, 바로 그럼으로써만 우리다.

'책방오늘'이라는 동네 책방에서 다채로운 독서모임을 오래도록 진행하기 한참 전, 친구들과 한 달에 한 번씩 독서모임을 꾸려오기 한참 전, 삼양청년회관과 들불에서 북클럽을 기획하기 한참 전, 함께 읽기의 귀중함을, 그 빛을 알려준 모임 하나가 있었다. 2014년 5월, 당시 대학에서 정치학을 전공으로 택했음에도 수강 중이던 현대독일미학 수업 사이버 게시판에 내가 올린 글에서 시작된 모임이다. 돌이켜보면 그때도 나는 외로웠다. 지독하게,라고 썼다 지운다.

*

지난 한 달여 동안, 무엇을 어떻게 말해야 할지 무척 혼란스러웠습니다. 세월호 사건이 있은 지 한 달이 넘었습니다. 정말이지 수많은 말들이 언론에 오르내렸고, 그보다 더 많은 사람들이 이 사건에 대한 평가와 판단들을 쏟아냈습니다. 그 언어들을 꾸역꾸역 읽어내면서, 저는 아무 말도 할 수 없었습니다. 사태를 어떻게 해석해야 하는지, 무엇이 잘못이고 어디에 책임을 물어야 하는지, 누구에게 손가락을 가리켜야 하고 그럼으로써 나는 어디로 숨을 수 있는지(일반적으로 비판의 주체는 비판의 대상에 자신을 포함시키지는 않지요), 그런 것을 구분하는 것이 힘들었던 것 같습니다.

사회의 잠재적 약자로 간주되는 집단이, (지금까지도 끊임없이 드러나고 있는) 경악스러운 행태들과 결코 무관하지 않은 사고를 당했을 때, 그들은 단지 '희생자'라고 불려야 하는 걸까요? 제가 좋아하는 소설가 한강의 신작 소설 『소년이 온다』창비, 2014를 읽다가 희생자,라는 단어에 대해 생각했습니다. 소설은 1980년 5월의 광주를 배경으로 합니다. 흔히 '고귀한 희생'이라는 말을 하지요. 희생이 고귀하다면, 희생을 발생시킨 환경에 대해서는 어떤 말을 할 수 있을까요? 어떤 고통이, 혹은 죽음이 '숭고'와 유사한 이미지로 치환될 때, 구체적인 문제 제기는 어려워질 수 있습니다. 작가가 오일팔민주화운동의 '희생자들'에 대한 이야기를 하면서, 희생자라는 말을 함부로 해서는 안 된다고, 우리가 고귀하기 때문이라고 말한 까닭은 무엇일지 생각합니다. 고귀한 것은 죽음이 아니라 존재 아닐까요.

'희생자들을 추모합니다'라는 현수막을 보면 마음 한 구석이 불편해집니다. 첫 번째로는 '희생자'라는 단어를 사용함으로써 묘하게 자신(그 현수막을 봄으로써 거리를 둘 수 있는, 불특정 다수)을 분리하고 있기 때문이고, 두 번째로는 정말 (이런 식의) 추모밖에 할 수 없을까?라는 생각이 들기 때문입니다. 희생자에게는 추모를 하는 것이 일차적으론 도리이겠지요. 하지만 매번 추모**만** 하는 것이 어떤 의미가 있는지, 돌아보고 싶었습니다.(물론 추모 자체도 문제적일 수 있습니다. 추모의 국가화, 획일화마저도 목격되었으니 말입니다.)

하나의 극단적인 사건이 발생하면, 그 사건에 연결된 모든 문제들이 한꺼번에 폭발한 것처럼 무기력하고, 절망적인 상태가 됩니다. 예컨대 세월호 참사를 통해 자본주의가 내재한 문제가 총체적으로 극렬하게 드러났다고 말할 수 있겠습니다. 하지만 그런 기분은 신문 1면에 '대한민국은 4월 16일 이전과 이후로 나뉜다' 같은 말을 운운하며 이 사건을 상징적인 결절점으로 환원시키려는 모습과 그다지 다르지 않을 것입니다.

중요한 것은 어떤 분기점을 세우고 비장해지는 것이 아니라, 다만 수많은 문제가 이제껏 천천히 끊임없이 진행되어왔고 쌓여왔다는 것을 조용히, 끈질기게 바라보는 것이라고 생각합니다. 저도 물론 전혀 그러지 못했습니다만⋯⋯. 그래야 '무엇을 할 수 있는가'를 비로소 고민할 수 있기 때문입니다. 희생자 추모에 그치지 않고, 자연스럽게 찾아올 망각에 잠식당하지 않고 말입니다.

쓰다보니 '무엇을 할 수 있는가'라는 질문으로 옮아 왔습니다. 이 글을 쓰게 된 직접적인 계기이기도 합니다. 이 고민은 함께 수업을 듣고 있는 다른 분들도 많이 하셨으리라 생각합니다. 그런데 지난 월요일, 교수님께서 '지금 우리가 할 수 있는 일'에 대해 말씀하실 때 사실 좀 힘이 빠졌습니다. 교수님은 생활협동조합, 공정무역, 사회적 기업, 이렇게 세 가지를 말씀하셨죠. 분명 자본주의라는 거대 체제에 아주 조금씩 균열을 낼 수 있는 방법들입니다. 하지만 이것들은 종종 진부하게 느껴집니다. 왜일까요.

여기에서 랑시에르를 떠올립니다. 랑시에르는 정치와 권력 행사, 그리고 권력을 위한 투쟁은 서로 별개라고 말합니다. 정치란 본질적으로 '특정한 경험들의 영역을 구성하는 것'입니다. 랑시에르에 따르면, 권력을 위한 투쟁이나 권력 행사는 정치의 일부에 불과합니다. 그럼에도 많은 이들이 권력을 위한 투쟁이나 권력 행사를 정치와 동치시키고, 쉽게 무기력을 느낍니다. 저도 자주 그렇습니다. 그렇기에 "투쟁을 하자"는 목소리에 '선동'이라는 판단이 가장 먼저 개입하는 거겠지요. 투쟁을 위한 행동과 방법들이 진부하게 느껴지는 이유이기도 하고 말입니다.

하지만 정치를 '특정한 경험들의 영역을 구성하는 것'이라 정의할 때, 정치는 보다 포괄적인 장場이 됩니다. 개인들의 삶을 넘어서는 공간이 존재하고, 이 공간에서 어떠한 방식의 경험을 하는가를 말로써 규정할 수 있으며 심지어 바꿀 수도 있다는 것입니다. 제가 보는 랑시에르는 **언어**라는 태제에 굉장한 관심을 두고 있는 철학자이며, (특히 말을 중심으로) 특정 계급이 자신에게 **주어진** 일상적 경험 영역을 초극할 수 있다고 여기는 듯합니다. 하루하루의 일상과 생계 외에 다른 것을 살필 여력이 없는, 그럴 시간이 없는 이들이 **말하는 존재**라는 것을 입증하기 위해 자신들에게 없는 시간을 쓸 때에, 그때 비로소 정치가 시작된다고.

정치 행위가, 학업이든 업무이든 가사 노동이든 지극

히 개인적이고 규칙적인 일과표에서 벗어나 없는 시간을 쓸 때에야 성취될 수 있다는 지점이 중요하다고 생각합니다. 그리고 이것은 사회적 기업을 운영하거나 지지하는 행위, 공정무역 제품을 적극적으로 구매하거나 홍보하는 행위와는 결이 좀 다릅니다. 그 두 가지는 일상적인 영역 안에서 행하는 것이고, 때로는 심지어 생계와 긴밀하게 연동되기도 합니다. 또한 상상을 동반한(가령 공정무역 제품을 구매할 때 보이지 않는 생산자와의 유대감을 상상하는 경우 같은) 사회적 당위 없이는 시작하기도, 지속하기도 힘든 일이기도 합니다.

그러나 **말하는 존재임을 입증하는 것**은 다릅니다. **말하기**는 사회나 국가 같은 추상적인 단위를 어렴풋하게나마 상정하지 않고도 충분히 행할 수 있는 일이기 때문입니다. 슬픔에 눈물을 흘리고, 분노에 차 소리를 지르고, 기쁨에 겨워 웃을 수 있습니다. **언어**는 이 감정들에 명료함을 부여합니다. 성실하게 추모하는 것은 물론 중요하지만, 추모밖에는 할 수 있는 것이 없다고 간주하게 된 건 **말**을 잃었기 때문이라고 생각합니다.

구획된 일상성 안에 완벽히 매몰되어 있는 이들이 '자신들에게 없는 시간을' 가지는 것은 생업을 관두는 등의 극단적인 행동을 말하는 것이 아닙니다. 집회에서 마이크를 쥐고 큰 소리로 구호를 **말하는** 것도 아닙니다. 아주 단순하게, 시간을 **내서** 책 읽기 모임을 하거나, 세미나를 들으러 가거나, 영화나 전시나 공연을 보거나, 무엇이든 배워보는 것 등입니다.

그러한 행위는 물론 피상적으로 종결되기도 쉬우나 내적 지향을 유일한 속성으로 하는 일상적, 무맥락적 **성찰**과는 달리 어떠한 외부적 자극을 통해 **지금, 여기**를 보다 구체적으로 상상할 수 있다고 생각합니다. 그리고 그러한 자극들은 편협한 자아에서 벗어날 수 있게 해주는 탁월한 수단이기도 합니다.

다시 말해 읽기(수용)와 더불어 말하기(표현)를 할 수 있는 계기를 만들자는 것입니다. 생각하고, 표현하다 보면 어떤 것이 '외침'이고 어떤 것이 '말'인지 점차 분별할 수 있게 되겠지요. 읽기와 말하기를 유도하는 가장 좋은 방법은 제 생각에는 예술, 더 구체적으로는 문학입니다. 문학의 일차적인 존재가치는 **누군가**가 말하고자 한 **무언가**로서 규정되겠지만, 창작 의지의 발동 이후에는 수용의 과정이 이어집니다. 누군가의 표현을 보고 공감할 수도 있고, 비판할 수도 있습니다. 중요한 것은 그 공감이나 비판이, 즉 상호과정이, 결코 주관적이거나 개인적인 것이 아니라 모종의 사회적이며 역사적인 기반을 지닌다는 사실입니다.

이 세계가 허무할 정도로 파열되어 있어, 저는 개인들이 **말하기 위해** 단순히 **모이는 것**만으로도 큰 의미가 있다고 생각합니다. 주체(자아)를 인식하는 동시에, 탈주체화를 시도할 수 있는 가장 작은 출발점이기 때문입니다. 더 나아가 **희생자**와 **살아 있는 이**라는 조악한 이분법을 넘어설 수 있는 방법이기도 합니다. 그것이 꼭 좁은 의미의 **정치적**인 모임이 아니어도 상관없다고 생각합니다. 권력에 대한 투쟁의 의미가 아니어도 좋다고 생각합니다. 많은 이들은 정치적인 의미부여에도 이미 몹시 지쳐 있는 것처럼 보이기 때문입니다.

지나치게 정기적으로 **모이지** 않아도, 꾸준함에 대한 강박이 없어도 좋다고 생각합니다. 이전에 사회적/관습적으로 명령받은 역할들로부터 이탈하는 것, 사회 초년생이나 고작 이십 대 등으로 발언의 자유를 제한받고 있던 상태를 어그러뜨리는 것. 랑시에르가 말한 '금지되었던 언어를 전유하려는 의지'의 힘은 생각보다 무서울 것이라 믿습니다. 여기서 **무섭다**는 말은, 그 행위를 시도할 **우리**들의 변화에 대한 형용사입니다.

'우리가 지금 할 수 있는 일'에 대해서, 저도 답을 계속 생각해나가는 중입니다. 하지만 일단은 서로에게 **말을 거는 것**이 가장 중요하지 않을까 생각합니다. 혼자서 고립된 채로 공동체를 상상하고, 당위를 부여해 실행에 옮기는 것은 생각보다 무척 어렵기 때문입니다. 다른 분들은 우리가 무엇을 할 수 있을지에 대해, 어떤 생각을 해보셨는지도 궁금합니다. 함께 이야기해요.

*

글 하단에 몇 명이 댓글을 달았다. 저도 함께 이야기

나누고 싶습니다. 무엇을 어떻게 말해야 할지 정말 어려운 시절입니다. 혹시 저도 참여해도 될까요? 전공도 관심사도 전부 달랐던 그들의 이름을 지금도 하나씩 찬찬히 부를 수 있다. 그들이 우연하게 모여 모임을 이루었고, 그 모임은 이러저러한 고락을 통과하며 2014년 여름부터 2018년 초까지 지속되었다. 우리는 책을 함께 읽으며 **말했다.** 현대독일미학 수업에서 시작되어 '미학 스터디'라는 이름을 갖게 된 모임은 일차적으로는 어려운 책을 더듬더듬 읽어나가며 책 한 권을 이해해보려는 분투의 시공간이었으나, 실은 정확한 언어를 갖고 싶다는 욕망, 그리고 비교적 안전한 공간에서 이 세계를 이해하는 스스로의 언어(**의견**)를 꺼내어 공유하고 싶다는 소망을 순간이나마 실현하려는 공동의 장이었다. 구성원 중 몇 명은 모임을 떠나거나 한국을 떠났고, 한 명은 세상을 떠났다. 각기 다른 일터로 뿔뿔이 흩어진 뒤에도 연락을 주고받을 때 반갑지 않은 적이 한 번도 없었다. 내게는 어떠한 간절함으로 붙잡고 싶었던 손들이 바로 그들이었기 때문이다. 그들인 줄도 모른 채 그들이었다.

그들을 만난 이후로, 나는 함께 책 읽는 행위의 정치성을 믿게 되었다. 그것은 협소한 자아를 넘어서고 싶어하는 어떤 인간들의 어설픈 시도에서 비롯되어, 외로움을 견디며 지속될 수 있으면서도 동시에 언제든 파할 수 있는 속성의 어렴풋한, 그러나 엄연한 공동체다. 그리고 무엇보다도 **함께 이야기**하는 장소다. 무엇이든, 어떻게든, 책이라는 간이역을 경유함으로써 반드시 만난다. 2014년부터 그것을 계속 만들고 허물고 또다시 만들면서, 함께 책을 읽고 이야기를 나눈 시간으로부터 발하는 찰나의 빛들을 더듬더듬 따라가며 살고 있다. 그렇게 살고 있기도 하고, 그럼으로써 살고 있기도 하다. 책 읽는 모임이 뭐가 정치적이냐고 묻는다면 명확히 콕 집어 답할 수는 없는 방식으로. 대체 책을 왜 읽느냐는 질문에 말문이 턱 막히는 것처럼. 이렇게나마 간신히 적어야만 어렴풋하게 윤곽을 그릴 수 있다. 광막한 밤바다의 녹틸루카 신틸란스처럼.

뒤늦게 도착하는

맨손에서 시작하는 이야기가 있다.

*

차갑지만 이상하게도 춥지는 않은, 2018년 1월의 어느 날이었다. 『맨손』잡지의 작가 모임이 서울시 용산구 보광동에서 있었다. 나와 같은 기고자 네 명과 디자이너를 포함한 제작진 세 명이 모이는 오손도손한 자리였다. 친구이자 제작자인 J를 믿고, 그가 불러 모은 이들은 믿을 만하겠거니 하는 무작정의 생각으로 길을 나섰다. 대체로 내가 지닌 미미한 기운을 소모시킬 것이라 여겨지는 만남과 연락은 되도록 피하는 편이므로, 그에 대한 믿음은 이 낯선 약속의 유일한 전제이자 강건한 고리였다고 할 수 있다.

세 시간 남짓, '맨손'으로 쓰는 우리의 초상이 서서히 드러나는 진솔하고도 신중한 대화가 오갔다. 유명한 작가의 작품을 읽을 때보다 자신의 손에 받아 든 이 잡지가 쓰는 주체로서의 자신에게 더욱 큰 동력이 되었다고 누군가가 말했다. 쓰는 사람은 주변의 쓰는 사람에게서 힘을 받고, 영감을 얻는다. '주변'이어야 한다. 타인에게 압도되어 '자신自信'을 잃거나 타인과 동떨어진 어떤 것으로 여겨 '자신自身'을 간과하지 않도록.

글쓰기 수업을 진행하고, 쓰고자 하는 이들을 곁에서 지켜보는 시간을 꽤나 오래 지나온 뒤 내가 절실히 느끼는 것은 '곁'의 힘이다. 쓰고자 하는 사람은 쓰고자 하는 이들, 혹은 쓰고 있는 이들 '곁'에 존재해야 한다. '곁'이라는 단어에 담기는 것은 단순한 물리적 근접성이라기보다 심리적 내밀함에 더 가깝거나 그것까지 포함하는 무언가다. 글의 수준이나 쓰기의 이력이 비슷하다는 뜻이 아닌, 서로의 의식에 성실히 공감하고 또한 이해를 증진하려는 적극적인 의지의 상호성에 가깝다.

쓰고자 하는 사람에게 지금 '곁'이 없다면 '곁'을 만들고, '곁'을 찾아 떠나야 한다. '곁'이 없어 쓰기를 중단하는 이들, 더 나아가기 힘겨워하는 이들을 여럿 보았다. 고독은 창작자의 절대적인 몫이라고들 하지만, 지속하는 데에는 '곁'만 한 요소가 없다고 나는 믿고 있다. 반드시 함께 모여 앉아 동시에 써야 한다는 뜻이 아니다. 내가 쓴 것을 친히 나눌 수 있고, 그것을 적확하고 세심하게 읽어줄 '곁.' '곁'은 생각보다 찾기 어렵지만, 또 생각보다 찾기 쉽기도 하다. 이 문장은 언뜻 아이러니하게 보이지만, 뜻밖의 우연처럼 휘둥그레지게, 사랑의 상대를 만나게 되는 순간처럼 예기치 못하게 조우하게 되는 '곁'이 분명 존재한다는 뜻이다.

『맨손』은 하나의 느슨하게 엮인 공동체다. J는 최초에 『맨손』을 기획할 때, 자신이 좋아하는 글들과 자신이 좋아하는 글을 쓰는 이들을 한데 모아 한 장씩 넘기며 읽을 수 있는 책 한 권을 만들고 싶다는 생각을 했다고 한다. 그 책이 그들에게 하나의 울타리가 될 수 있도록. 등단하지 않았더라도, 미완성일지라도, 자신만의 글―세계를 만들고 그것을 지속하고자 하는 이들이 공동체를 이루어, 그 안에서 다채로운 목소리들이 제각기의 높낮이와 속도와 빛깔로 흐르고 있다.

　대화 도중 『맨손』이 비평의 대상이 되지 못한다는 농이 휘파람처럼 지나갔다. 비평의 자격은 완성도라는 문제와 연관되는가? 지금도 모르겠다. 그러나 우리 자신이 나름의 열과 성을 다해 쓰기를 시작했던―한 시절을 청산하기 위해서든, 말하기로는 불가능한 내면을 풀어두고 싶어서든―자아의 일면이 담긴 글을 종이 위에 펼치기란 그 자체로 용기를 요하는 일이다. 그리고 그것은 소위 작품성을 논하기 이전에, 비뚤비뚤하고 까끌까끌하기에 외려 '쓴 사람'이 선연하게 드러나므로 '쓴 사람'을 이해하기에는 『맨손』에 실린 글이 가장 정확할 수 있다. 『맨손』은 에세이뿐만 아니라 소설과 시 등 문학

전반의 장르를 두루 다루는 잡지이지만, '쓴 사람'이 부여하는 캐릭터가, 혹은 '쓴 사람' 자신의 정조와 성향이 웃자란 풀처럼 풍성하게 드러나는 글이 대다수다. '맨손'과 같은 글들이기에 '맨얼굴'이 드러날 수 있다. 부끄러워 두 손으로 얼른 가리더라도 어쨌든 책 한 권의 일부가 되기로 선택한 글들이다.

여기에 하나를 덧대본다. 누군가의 삶을 불완전하게나마 들여다볼 기회를 얻었고, 그의 사유를 따라가보았던 시간이 있었다면, 그가 쓴 글에서 '쓴 사람'의 얼굴을 시시각각 떠올릴 수 있다. '쓴 사람'을 긴밀하게 떠올릴 수 있을 때, 그의 고민과 성찰과 시간을 구체적으로 상상하고 따라가볼 수 있을 때, 그때의 독서는 일반적인 혹은 일상적인 독서와는 다른 차원에 놓인다. 그런 점에서 다음과 같은 선언이 가능하다.

"좋은 에세이가 더 많이 필요하다."

타인의 삶을 상상하는 능력은 예쁘게 포장되고 교훈을 지닌, 정돈되고 빤한 에세이 ─ 이는 에세이의 상당히 협소한 정의에 해당하며 에세이라는 장르에 대한 오해를 포함하는 표현이기도 하다 ── 가 아니라, 삶의 역동성을 보이고 그 복잡성을 드러내는 에세이에서 얻어지기 때문이다. 후자에 해당하는 에세이는 타인과 세계에 대한 치밀한 관찰의 결과일 수도 있고, 개인의 내면과 외면의 성실한 기록의 축적일 수도 있다. 따라서 에세이가 '쓴 사람'으로서의 '나'로 회귀하며 끝마쳐진다고 할 때, 결말에 이르러 '읽는 사람'에게도 두 방향의 효과를 남긴다. 한 개인의 삶을 향한 경탄으로 남을 수도 있고, 또 다르게는 개인을 넘어 사회나 세계를 향해 자연스럽게 시선이 이동할 수도 있다. 중요한 것은 타인의 삶을 상상하는 능력이며, '좋은 에세이'야말로 그 여정에 함께할 것이다.

J는 대화 도중 "자신의 서사를 많이 가진 사람이 부자인 것 같다"고 말했다. 그 말뜻을 복기해본다. 나의 해석은 그때도, 지금도 똑같다. 다이내믹하고 드라마틱한 삶을 살았던 사람이라기보다 어떠한 경험이든 적극적으로 의미를 부여하고 그 경험에 대해 성찰하는 자세를 지닌 사람이 부자인 것 같다는. 그런 뜻에서의 부자라면,

그가 바로 작가다.

*

내 글이 가장 처음 종이 위의 활자로써 눈에 읽힌 것은 독립 문학잡지 『맨손』 1호, 2호, 3호에서였다. 경이로운 경험이었다. 그 감각을 잊지 않고 싶다고 일기에 숱하게 썼고, 지금도 그 생각에 변함이 없다. 미완성의 글이더라도, 내내 마음에서 떨쳐지지 않는 글을 끝내 풀어내는 일. 당분간 혹은 영영 매듭짓지 못할 이야기를 어떻게든 꺼내는 일. 나에게 실제로 있었던 일을 어떠한 픽션으로도 만들어낼 수 없을 때, 그럼에도 불가피하게 덧대어지는 왜곡과 변형 속에서, 언제나 간헐적이며 드문드문한 기억을 불완전하게 이어 붙여 잠시의 해소를 도모하는 일.

대체로 우리의 현실은 이야기로서 기승전결의 짜임새를 띠지 않고 하나의 장면, 하나의 이미지, 하나의 대사로만 남아 있다. 퍼르르 떨리는 아랫입술 같은 것으로. 어떻게 그럴 수 있어? 물으면 그게 내 방식이야, 답하던 차분하고도 말간 목소리 같은 것으로. 영영 깨고 싶지 않던 잠에서 깨어나 고개를 돌려 나를 바라보던 끔뻑이는 눈동자 같은 것으로, 뒤돌아 누운 뒤통수에서 풍겨오는 숨소리 같은 것으로, 새벽녘 낯선 방의 천장을 수놓은 야광별 스티커 같은 것으로. 겹쳐지고 뒤섞이고 뭉개지는 장면들 속에서 기억은 홀로 널을 뛴다. 오해들을, 일상 속에서 무수하게 발생하는 그 오독과 오역을, 모든 해석과 그로 인한 상처들을, 비록 그 사람에게 직접 닿을 수는 없더라도 해소하기 위해 나는 글을 써왔다. 그렇게 쓰인 글은 언제나 누군가에게 닿고자 하는 글일 수밖에 없다.

글을 쓰는 행위에 시차는 필연적이다. 어딘가에 적히는 글, 적혀서 읽히는 모든 글의 본질적인 속성은 바로 그 시차에 있다. 뒤늦게 도착하는 것. 글로써 닿는 것은 언제나 늦는다. 그래서 어떤 옅은 슬픔이 필연적이다.

그럼에도 불구하고 왜 쓰는가. 결국엔 또다시, 닿고 싶다는 마음 때문이라는 생각으로 되돌아오게 된다. 우리에게 가능한 것은 찰나의 마주침, 찰나의 공감밖에 없다는 생각. '시절 인연'이라는 단어가 주는 슬픔을 이제 조금은 이해하게 된 것이다. 세라 망구소의 『망각 일기』양미래 옮김, 필로우, 2022처럼 악착같이 그날그날 벌어진 일들과 듣고 본 것들을 최대한 생략 없이 적어 내려간다 하더라도, 과거에 깨어진 조각들을 그러모아 기차 칸처럼 놓아볼 수 있을 따름이다. 그것만이 가능하다. 가능한 것만을 쓴다. 나는 기필코 나와 전혀 무관한 이야기를 만드는 사람은 될 수 없을 것이다. 나에게 연루된 것만을 나는 쓸 수 있다. 무릎에 난 상처가 아물며 내려앉은 딱지를, 죽은 피부를 다시 떼어내 입에 넣는 사람처럼. 내게서 비롯되고 내게서 생성된 것을 다시 내가 먹고 씹어 삼키는.

무엇도 영원하지 않다. 사랑도, 관계도, 행복도, 기억도, 절대로 그 순간의 감각으로 남아 있지 않는다. 모든 것이 흩어지고, 사라지고, 멀어지고, 떠나간다. 하지만, 그럼에도 불구하고 어떤 순간들을 붙잡고 싶을 때, 우리는 무언가를 기록하게 된다. 말로는 차마 다 하지 못하는 것들이 글에서는 가능하기 때문이다. 고통에서 벗어나기 위해서, 혹은 남겨두고 싶은 기쁨을 간직하기 위해서 등등, 글쓰기는 일단 나 자신을 위한 쓰기일 수밖에 없다. '작가'라는 호칭은 도무지 낯설고 부담스럽지만, '쓰는 사람'이라고 바꾸어 명명해보면, 쓰는 사람은 언제나 일차적으로는 자기 자신을 위한 글을 쓸 수밖에 없다. 그런 뒤 혹여 내가 쓴 글이 누군가에게 찰나의 공감을 불러일으킬 때, 시차를 두고 만나는 만남 속에서 어떤 상상력을 통해, 마치 악수하듯 서로를 스칠 수 있다면, 우리 모두 조금은 덜 외롭지 않을까.

내게 『맨손』은 바로 그러한, 우선은 절실하게도 '자기 자신을 위한 글'을 모으고, 그중에서도 타인에게 닿고자 하는, 닿을 수 있는 여지를 지닌 글들을 엮어내는 잡지이다. '등단'이라는 과정을 거치지 않았더라도, '쓰는 사람'으로서 자신을 의식적, 무의식적으로 규정한 이들이 자기 자신을 위한 글을 썼고, 그 글로써 누군가에게 닿고자 하는 마음으로 글을 보냈다. 메리 올리버는 『완벽한 날들』민승남 옮김, 마음산책, 2013에서 세상이 아침마다 우리에게 질문을 던진다고 썼다. 당신은 이렇게 살아 있다고. 하고 싶은 말이 있느냐고. 문학을 정의 내리고 장르를 분류하기 전에, 그저 '글'을 쓴다는 것은 뭘까 생각해보면, 내가 여기 이렇게 살아 있고, 하고 싶은 말이 있기 때문이라는, 당연하지만 귀한 답으로 돌아오게 된다. 이 세상에 하고 싶은 말이 없는 사람은 없다고 아직 믿고 있기 때문에, 언제나 사람들이 하는 말들을 귀 기울여 듣고 싶고, 내가 하고 싶은 말들 역시 시차와 더불어 글로 쓰고 싶다는 욕망을 품고 있다.

*

『맨손』은 3호까지 출간되고 사라졌다. 그러나 나는 『맨손』에서, 잘 알려진 유명한 사람의 말이 아니더라도, 아름답게 벼린 문장이 아니더라도, 이 세계에서 멀고도 가까운 어떤 이들이 절대적으로 개별적인 이야기를 할 수 있는 작은 장이 펼쳐지는 것을 직접 보며 행복했다. 근사한 문장을 적는 것보다도, 잘 정돈된 서사를 구성하는 것보다도 '미완성'처럼 여겨질 수도 있으나 어쨌든 내가 하고 싶은 말, 할 수밖에 없는 말을 쓰다보면 찰나의 시공간에서 우리가 만날 수도 있다는 사실이 지금도 몹시 경이롭다. 앞으로도 뒤늦게 도착하는 메시지처럼, 허공에 떠도는 목소리처럼, 부치지 못한 편지처럼 나는 쓸 것이고, 그럼에도 언제라도 단 한 사람에게라도 닿을 수 있다는 믿음으로 계속 쓰고자 한다. 언제나 맨손으로 시작하는 글을.

4부

너

유년의 거실에서 배운 것

생애 첫 소풍의 기억은 영화다.

영어로 된 책을 한국어로 번역하는 일을 하게 되면서 숱하게 들었던 질문은 유학을 갔다 왔느냐거나 해외에서 유년 시절을 보냈느냐는 것이었는데, 그런 적은 없다. 다만 동물병원을 탈출해 베토벤이라는 이름으로 불리며 가정집의 보살핌을 받게 되는 개의 이야기를 다룬 「베토벤」브라이언 레반트 연출, 1992, 방황하던 소년과 범고래가 우정을 나눈다는 내용의 「프리 윌리」사이먼 윈서 연출, 1993, 루이자 메이 올컷의 소설을 각색한 「작은 아씨

들」질리언 암스트롱 연출, 1994 같은 영화를 비디오테이프가
늘어질 때까지 돌려 보며 무작정 말투며 발음이며 표정
을 따라 했던 것이 최초의, 외국어와의 강렬한 만남이었
다. 비디오 플레이어의 흥행과 더불어 쏟아져나왔던 디
즈니 애니메이션 영화가 유년을 완전히 지배했다고 보
는 게 가깝겠으나 실사 영화 중에서도 몇몇은 툭 치면
대사를 줄줄 읊을 수 있다.

1965년 작 「사운드 오브 뮤직」로버트 와이즈 연출에서 마
리아와 일곱 명의 아이들이 언덕으로 떠나는 소풍 장면
은 비디오에 담겨 너덧 살이던 내 눈과 귀에 무한히 반
복 재생되었다. 집 안의 커튼을 잘라 옷이며 모자며 두
건을 뚝딱뚝딱 만들고, 그 옷을 입고 기타 하나 둘러메
고 주변이 온통 푸르른 초원으로 달려가 둥글게 모여 앉
아 상쾌한 노래를 듣고 부르는 장면.

소풍이 여행과도, 파티와도, 휴가와도 다른 까닭은 거
주지에서 비교적 가까운 곳이 행선지가 된다는 점, 그리
고 반나절 정도로 짧게 이루어진다는 점 때문일 것이다.
무거운 짐 없이 훌쩍 떠났다 하루 안에 돌아오는, 잠시

간의 휴식에 가까운 시간. 그것이 소풍이라면 내겐 어린이집에서 떠났던, 어딘가 두렵고 불안해 보이는 눈으로 혼자 삐삐로 먹는 사진이 찍혔으나 장기기억장치 어디에도 남아 있지 않은 1990년대 초 어느 날의 실제 소풍보다는 가사를 줄줄 외는 노래가 가득한 영화 「사운드 오브 뮤직」 속 소풍 장면이 더 가깝고 기껍다.

커다란 돗자리가 펼쳐져 있고 그 위에 다양한 과일과 음료, 케이크처럼 보이는 빵들과 피크닉 바구니가 있지만 사람들은 정작 돗자리 위가 아니라 풀밭 위에 아무렇게나 앉거나 누워 있다.(소풍의 묘미는 아무 데나 드러눕는 것이다.) 도레미파솔라시도, 선율을 알려주며 음계마다 이름 붙여 가사를 짓는 사람, 시장 가판대에서 싱싱한 과일을 매만지고, 일곱 명이나 되는 아이들을 한데 아우르며 아름다운 노래를 불러주는 여자, 엄격함과 금욕이 지배하는 곳의 수녀였으나 지나치게 자유분방하다는 이유로 수도원에서 퇴출되다시피 한 젊은 가정교사 마리아에게 나는 완전히 매혹되었다. 오랫동안 그의 이미지, 짧은 커트 머리와 극적인 표정에 말투까지 한없이 동경했고 기꺼이 닮고자 했다. 숱한 이름들을 통과하기 전 최초의 영어 이름을 '메리'로 지었던 것도, 모태 종교인 천주교에서 세례명을 정할 때 주저 없이 '마리아'를 택했던 것도 줄리 앤드루스가 연기한 마리아 때문이었다.(물론 내 생일이 성모승천대축일인 8월 15일과 가까워서 정해졌음을 알고 있다. 나는 언제나 기억을 멋대로 재구성한다. 아무렇게나 꺼내어 쓴다.)

마리아는 나무에 올라가 무릎을 긁히고, 옷도 찢어 놓고, 미사에 가면서 왈츠를 추고 휘파람을 부는 여자다. 머리 가리개 안에 롤러를 말고 있고, 경건한 수도원 안에서도 노래를 부른다. 걱정 반 비난 반으로 다른 수녀들은 마리아를 눈여겨본다. 식사시간을 빼고는 만사에 지각이지만 참회에는 진심인 마리아. 마가레타 수녀가 나서서 마리아 대신 한마디 하겠다며 꺼낸 문장은 이것이다. 마리아는 나를 웃게 만들어요.

'마리아'라는 제목의 노래 구절을 오래 입안에 머금고 있었다. 그녀는 사랑스러워. 그녀는 악마야. 그녀는 양이야. 그녀는 수수께끼야. 그녀는 어린아이야. 그녀는 골칫거리야. 그녀는 천사야. 그녀는 여자애야. 상반되는 수식어를 한데 매달고 다니는, 날씨만큼이나 예측 불가하고 무한히 입체적이며 사랑과 눈 흘김을 한꺼번에 받는 여자가 되고 싶었다. 때마다 다른 얼굴을 꺼내어 쓰고, 때론 권위 있는 누군가에게 나만의 논리를 들이밀며 치받고, 깃털처럼 방정맞고, 주변의 누군가에겐 골치 아픈, 무엇보다도 누군가를 웃게 하는 사람이고 싶었다. 외로움과 멸시에 굴하지 않고, 천둥 번개를 무서워하는 어린아이의 머리를 쓰다듬으며 유쾌한 노래를 들려주는 어른의 품을 가지고 싶었다. 까마득한 어린아이가 동경할 만한 명랑한 어른의 모습이었고, 환상에 가까웠다.

이를테면 화창한 날 잔디밭에 깔린 돗자리처럼 넉넉한 품, 무뚝뚝한 대령에게도 할 말 꼬박꼬박 챙기면서 곤경에 빠진 타인을 위해 적당히 거짓말을 둘러대는 능청스러움, 길거리에서 아무렇지 않게 노래 부르고 낯선 시선 따위 상관없다는 듯 당당히 분수대 위를 걸으며 두 팔을 하늘로 쳐들고 클라이맥스까지 기어이 도달하는 유쾌한 선율 같은 마음을 가지고 싶었다. 가진 건 낡은 짐가방에 담긴 옷가지 몇 벌뿐이지만 빽빽한 전나무 숲과 눈 시리게 푸른 하늘을 온몸으로 사랑하는 마음으로 마리아가 등장하는 장면을 그대로 살아내고 싶었다. 그만큼 그 이미지에 오랫동안 압도되어 있었다. 압도라는 무거운 단어가 아무런 과장이 아닐 정도로.

환상을 걷어내면, 퀴퀴한 냄새가 나는 카펫이 깔린 임대아파트의 거실로 돌아오면, 나는 과묵하고 소심한 어린아이였다. 조심스럽고 예의 바른 아이였다고 할 수도 있겠다. 낯선 어른들 앞에서 어디서 배웠는지 모를 상냥한 미소를 지어 보이고, 도무지 울음을 터뜨리는 법이 없어 어쩜 이렇게 어른스럽냐는 칭찬을 넘치게 들었던, 말없이 잘 먹고 잘 자는 아이. 어렸을 때 너는 키우는 게 하나도 안 힘들었고 알아서 잘 자랐는데 머리 다 크고 나서 속을 한참 썩인다고 어머니가 입버릇처럼 말씀하실 정도로 어릴 적엔 순했다. 거칠고 분방하고 수수께끼 같은 마리아 없이, 어린 양이자 부드러운 소녀이자 천사 같은 마리아만 존재했다.

다만 다시금 「사운드 오브 뮤직」 비디오가 재생되면,

아무도 없는 거실이 나만의 공간으로 변화하면 모든 게 달라졌다. 마리아의 모든 동작을 똑같이 따라 하면서 더듬더듬 발음을 겹쳐보고 멜로디 위에 목소리를 얹어보았다. 무엇보다도 아름다운 배우의 목소리를 귀로는 들으며 입 모양만 비슷하게 따라 하는 립싱크를 하기도 했다. 도, 어 디어, 어 피메일 디어, 레에, 어 드롭 오브 골든 선, 미, 어 네임, 아이 콜 마이셀프, 파아, 어 롱 롱 웨이 투 런. 존재하지 않는 계단을 오르내리고 허공에 두 팔 벌려 무언가를 껴안고 없는 기타를 치면서 '달링'이자 '데몬'인 마리아를 꺼내어 입었다. 단어와 구절의 의미를 모르는 채, 특유의 명료한 발음을 소리 나는 대로 따라 하며, 연극적인 몸짓을 깊이 들였다. 작고 고요한 거실 위에 나의 침묵과 그들의 노랫소리가 흩뿌려질 때마다 즐거웠다. 내가 아닌 다른 사람이 되어본다는 감각, 혹은 작은 착각 속에서. 사랑하면 따라 하고 싶어진다고 지금도 믿고 있다. 사랑할수록 여러 얼굴을 갖게 된다고.

의미 기호로서의 외국어를 알기도 전에 발음과 입 모

양부터 배우게 되면, 유창하게 말하는 것처럼 보이게 되고 그것은 외국어 학습자의 자신감을 북돋우기에 탁월한 수단이다. 내게는 진솔하고 또박또박한 언어를 사용하는 이방인이 되는 것보다 그 언어를 자연스레 활용하는 현지인인 것처럼 보이는 일이, 그러니까 어떤 연극적인 제스처를 취하는 일이 더 중요했다. '닮은 존재'가 되고 싶었기 때문이다. 열과 성을 다해 따라 했다. 배우의 표정과 눈빛을, 노래 부르는 사람의 입 모양을. 외국어를 말하는 사람의, 의미가 아닌 소리 그 자체를. 오로지 표정과 눈빛과 입 모양, 뜻 모를 외국어의 발성만을.

허공에 팔을 두르고 두둥실 춤을 추며 음 없는 노래를 하고 눈앞에 없는 것을 애틋하게 바라보며 존재하지 않는 대상에게 사랑을 속삭였다. 표정에도 크기가 있다면 아주 커다란 표정들을 지어 보이면서, 부러 목소리를 고양된 톤으로 조율하면서, 동작을 호들갑스럽게 크게 부풀리면서, 작고 고요한 방 안에 흩뿌려지는 침묵 속에서 한껏 들떴다. 무엇보다 짜릿한 것은 내가 아닌 다른 사람이 되어본다는 감각이었다. 혹은 될 수 있다는 착각.

나의 상상력은 나 아닌 누군가가 되어보는, 되고자 하는 방향을 향해 있었고, 그 방식은 타인을 위한 알맞은 반응을 마련하는 일, 적당한 크기의 표정을 준비하는 일, 그 사람의 언어를 내 입술로 발화하는 일과 유사했다. 내가 꼭 그인 것처럼.

거실의 낡은 소파에 몸을 말고 앉아 온종일 「사운드 오브 뮤직」의 소풍 장면을 되감아 보던 어린아이는 노래를 잘 부르는 여자로도, 어린아이들과 수더분하게 관계 맺는 어른으로도 자라지 않았다. 아직도 스스로를 묘한 음치에 박치로 여기기에 실제로 성대를 울려 노래를 부르거나 몸을 놀려 춤을 추는 일은 까마득하다. 다만 내 안의 어딘가에는 아직도 한없이 희망적인, 조직의 규칙과 질서를 요리조리 흩뜨리며 가벼운 몸으로 언덕을 향해 내달리는 마음이 깃들어 있다.

전나무가 빽빽한 숲을 지나 탁 트인 언덕을 마주하게 되리라는 마음, 영원에 가까워질 만큼 둥근 언덕을 돌고 돌며 어떤 순간을 곱씹는 마음 같은 것이 죽 늘어진 비디오테이프처럼 익숙하다. 해피엔딩이 예견된 영화를 보고 또 보는 마음도 그와 유사할 것이다. 안온한 순간, 「도레미 송」처럼 즐거이 되풀이하게 되는 기억은 소풍과도 같은 기억이자, 언덕에서 보낸 찰나 같은 장면이다. 마리아는 언덕 위에서 혼자 내달리며 노래 「프렐류드」를 부른다. 마음이 외로울 때는 언덕으로 가네. 내가 들었던 그 소리를 듣게 되리란 걸 알아. 음악 소리에 영혼이 충만해지네. 그렇게 다시 한번 나는 노래해.

훗날 나는 조앤 디디온이 「사운드 오브 뮤직」을 맹렬히 비판하는 리뷰를 쓴 후 잘 나가던 보그 필진에서 잘렸다는 사실을 알게 된다. 디디온은 "역사가 실제 사람들에게 일어날 필요가 없었다고 말하는 영화"라니 "당혹스럽다embarrassing"고 표현했고, 충분히 신랄했다. "그저 행복한 노래로 휘파람을 불고, (오스트리아) 합병 따위는 없는 척하는" 영화. 실제로 이 작품에 영감을 준 실존 인물인 마리아 폰 트라프는 영화를 보고 난 뒤 "조국을 탈출할 때 여행 가방과 집기를 다 들고 알프스 하이킹을 하진 않았다"라고 말하기도 했다.

디디온의 비판에 충분히 고개를 끄덕였으나, 그리고

디디온의 은은한 지구 반대편 팬으로서 영화를 다시 한 번 보며 어떻게 제이차세계대전과 나치즘이 작품에서 은폐되어 있는지 실감했으나(모든 이야기는 '현실'을 어떤 식으로든 왜곡하고 낭만화할 위험을 항상 품고 있다, 내가 사적인 기억을 멋대로 꺼내어 쓰듯이), 한편으로 나는 「사운드 오브 뮤직」에 출연한 배우들이 오십칠 년 만에 다 함께 모여 한목소리로 줄리 앤드루스에게 노래를 불러주는 영상에 눈시울이 붉어지는 사람이다. 유년 시절 거실에서 배운 것이란, 그렇게나 힘이 세다.

필사적으로 타인을 따라 하려는 사람은, 혹은 되어본 **것처럼** 구는 사람은 사실은 오히려, 결코 빼앗길 수 없는 자아의 일면에 대한 강렬한 집착을 지닌 사람일지 모른다. 말의 의미나 의도가 아니라 그 말이 말해지는 방식에 대한 강박도 어쩌면 그 집착과 연관될지 모른다. 그것을 인정하는 것이 어려워 아직도 여러 개의 얼굴로 산다. 다만 한 가지는 확실하다. 사랑하는 것들을 따라 하게 된다는 것. 사랑하면 따라 하고 싶어진다는 것. 어설프지만 열성적으로, 조금이라도 더 관찰하고 조금이라도 더 진실한 흉내의 표정을 짓고 싶어진다는 것. 사랑하는 이들의 아주 사소한 습관이 내게서 묻어날 때, 찰나의 착각으로 인해 나는 즐거워진다. 사랑해서, 비슷한 점을 부러 찾아내고 그 공통점에 기대어 환하게 기뻐하고 싶다는 엉성한 욕심. 내가 당신인 것처럼. 당신이 나인 것처럼. 서로가 서로를 응시함으로써 잠깐, 서로가 되어본 것처럼.

우리는 비슷한 느낌을 사랑한다. 어쩌면 느낌만을 사랑할 수 있을지도 모른다. 타인의 느낌, 낯선 세계의 느낌, 지금 여기 우리가 함께 있는 시공간, 언어가 된 생각들이 물결치는 바로 그 순간의 느낌. '따라 하기'는 언제나 성글고 어딘가 우스울 수밖에 없다. 일치를 느끼는 것은 찰나이고, 곧장 아득한 차이들이 따라붙으므로. 하나의 동심원에서 출발했으나 여러 방향으로 흩어지는 물의 파장처럼. 그러나 언제나 어렴풋한 타자의 이미지들 속에서, 다만 더 알고 싶어 조심스레 다가가는 존재들이 있다. 따라 하면서, 결코 나 아닌 누군가가 될 수 없으면서, 그것을 알면서도 그렇게 하는 이들. 그런 이들이 바로 상상력의 빚을 갚는 이들이다. 그들의 노력과 분열과 성찰은 언제나 반짝거린다.

사방이 초록으로 탁 트인 언덕으로 소풍을 떠나는 상상을 해본다. 그렇게 다시 한번 노래하게 되는 상상. 아름다운 선율을 해치지 않으려 입을 뻐끔거릴 뿐인 립싱크이더라도. 어설프지만 열성적으로, 조금이라도 더 관찰하고 조금이라도 더 진실한 흉내의 표정을 지으면서. 사랑해서, 부러 비슷한 점을 찾아내고 그 공통점에 기대어 환하게 기뻐하고 싶다는 엉성한 욕심을 부리면서. 내가 마리아인 것처럼, 1965년의 줄리 앤드루스인 것처럼. 결코 나 아닌 누군가가 될 수 없으면서, 그것을 알면서도 그렇게 하는 분열적 시도를 이토록 끈질기게 사랑하고 있다.

편지는 없고, 꿈에서 만나

극장이 문을 연 것은 낙엽이 우수수 떨어지는 시기였다.

　이 문장은 사실이 아니다.

*

　나선형 철제 계단을 빙글빙글 돌아 내려가면 지하 2층, 퀴퀴한 냄새가 나는 극장이 나타난다. 올해로 꼭 삼십 년이 된 오래된 극장의 이름은 포스트Post로, 공교롭게도 우편post과 동의어다. 실험적이고 앞선 예술을 선

보이자는 야심을 담아 한국 최초의 민간 운영 무용 전용 소극장으로 지하 3층, 지상 7층의 건물을 짓고 출발했으나 재정난으로 건물이 팔리고 현재는 지하 공연장만 운영되고 있다. 그마저도 이곳에서 최근에 공연이 있었던 적은 많지 않았던 듯하다고, 거의 없었던 듯하다고, 낙엽이 아직 지지 않은 11월 초순에 무대 설치를 위해 방문한 이들은 생각한다. 붉은 벽돌과 철제 계단과 몇 분마다 한 번씩 기침을 하며 온종일 극장을 지키는 나이 지긋한 남자가 있는 곳.

*

포스트 극장에서 「편지는 없고」 공연이 열리는 주말, 낙엽은 여전히 지지 않았고 오래된 건물의 화장실 안에는 모기가 날아다닌다. 11월 중순을 향해 가던 시기에도 여전히 모기가 있는 날씨다. 이상한 날씨. 등받이 없는 객석 여덟 줄이 생겨났고(공연이 끝난 후 무대를 치우던 사람들은 객석을 서랍처럼 통째로 접어 벽으로 세울 수 있다는 것을 알게 된다) 무대 안쪽 곳곳에는 수북하게 종이 더미가 쌓였다. 언젠가, 가을 내내, 구겨지고 갈라지고 바닥에 붙었다가 떨어진 종이들. 조명을 받으면 흰 종이는 각기 다른 빛깔로 빛난다. 새하얀 눈밭이자 창백한 감옥이자 공중에 떠다니는 납작한 공간. 시노그래퍼는 수십 장의 종이를 자르고 붙이고 겹치게 깔아놓는다.

하우스 오픈은 공연 시작 십 분 전. 무대감독과 조연출이 신호를 주고받는다. 관객들은 나선형 철제 계단을 내려다보며 서 있고, 일행과 이야기를 나누고, 소책자를 받아 읽는다. "춤·시·꿈 3부작 개요. 무용수이자 안무가로 활동하던 한연지는 팬데믹으로 돌연 닫혀버린 극장 문 앞에서 관객에게 편지를 쓰기로 다짐한다. 2021년, 그는 편지 아홉 장과 사진 두 장이 담긴 두툼한 검정색 편지봉투를 관객의 집으로 부친다. 그 봉투의 한 켠에는 하얀색 펜으로 글씨가 휘갈겨 쓰여 있다. *답장 주세요.*"

답장을 보낸 사람들이 모여 있다. 지하 2층에 자리한

공연장에서 한 층 더 철제 계단을 밟아 내려가면 나오는 출연자 대기실. 답장을 보낸 첫 번째 관객 하은빈은 '이끼'라는 이름으로 평상에 앉아 노래를 부른다. 이끼는 '나와 추상'이라는 제목의 노래와 '등'이라는 제목의 노래를 만들어 부른다. 두 노래의 가사는 공연 무대 위에서 분절되어 낭독된다. 답장을 보낸 두 번째 관객 최리외는 평상에 앉아 노래를 듣는다. 그는 노래를 무수히 듣고 따라 불러 가사를, 시를 전부 외운다.

나와 추상 나와 너
첫 번째 추상은 죽어 있었고
두 번째 추상은 살아 있었다
고통에 몸서리치는 방식으로

나와 무엇 사이에는
건드리지 않기로 한 폭력이 있다
그것은 묘연하게 죽어가거나
죽어 있던 걸 살아나게 한다

(⋯)

하지만 고통은 사랑받을 수 있지

하지만 고통은 사랑받을 수 있지

— 이끼 「나와 추상」 가사에서

한연지는 평상 위에 앉아 가발의 머리카락을 쓸어내리고 있다. 찬란한 은빛 가발은 가을을 통과하며 전부 뒤엉키고 푸석해졌다. 한참을 빗질해도 원래대로 돌아가지 못한다. *그러나 원래가 있을까?* 편지를 쓴 사람과 첫 번째 관객과 두 번째 관객은 소리 없이 묻는다. 원래라는 게 있다면 우리가 이토록 반복하여 수행하는 모든 노래와 발화와 동작은 어째서 똑같이, 원본과 동일하게 재현될 수 없는 걸까? 어째서 모든 꿈처럼, 다시 읽히는 모든 책처럼, 영영 헤어져야만 하는 이들처럼 왜 모든 만남은 매번 달라지고, 사랑의 모양은 왜 매 순간 변화하는 걸까?

우리가 얼굴로 만나고 등을 보이는 모든 순간이, 우리가 몸을 움직이고 입술을 떼는 모든 찰나가 어쩌면 매번의 번역일까? 하나의 목소리가 성대를 거쳐 발화되는 순간, 사실은 매번 다른 번역이, 번역자조차 알아차리지 못한 번역이 이루어지고, 입 밖으로 나온 순간 원문의 의미와는 지극히 무관할 수 있는 문장들이 누군가의 귀에 들리게 되는 건 아닐까? 들린다는 건, 듣는다는 건, 듣는 자가 그에 맞추어 곧장 반응할 수도, 발화자와 전혀 다른 세계로 진입할 수도 있다는 걸까? 그렇다면 우리는 무언가를(대화를, 편지를, 노래를, 꿈을) 주고—받는 것이 아니라 계속해서 끊임없이 빗나가고 엇나가며 미끄러뜨리는 건 아닐까? 우리조차 알아차리지 못한 채로, 상대를 향해 있음에도 이해하지 못하는 채로 어떤 말을 전하고, 어떤 멜로디를 입히고, 어떤 움직임을 행하는 것이 우리의 세계라면, 실은 삶이라면, 그것이야말로, 결코 닿을 수 없고 영영 헤어져야만 하는 모든 찰나로 이루어진 편지 한 통과도 같은 그것이야말로 진실인 건 아닐까?

*

출연자 대기실에서 세 사람은

손을 맞잡고 둥글게 선다.

잠시, 아무도 말이 없다.

꿈에서 만나.

한연지가 말한다.

하은빈과 최리외는 고개를 끄덕인다.

셋은 가지런하게 흩어진다.

안무가는 객석으로,

드라마투르그는 객석으로,

낭독자는 객석으로.

모두가 객석에 앉아 있다. 모두가 관객이다.

거대한, 텅 빈, 종이 한 장을 나란히 바라보는.

그렇게 공연이 시작된다.

오래된 냄새가 나는 극장에서.

눈밭이자 감옥이자 흰 꿈 속에서.

어느 낯선 목소리와 함께.

낙엽은 아직 지지 않았다.

*

꿈에서 만나.

11월 하순의 밤, '문학살롱 초고'에서의 마지막 공연을 마치고 집에 돌아온 낭독자는 생각한다. 꿈에서 만나. 그것은 불가능한 말이다. 무대 위에서 발화한 어느 문장도 입안에서 굴려본다. "같은 꿈을 꾸는 꿈." 같은 꿈을 꾸는 꿈은 불가능하다. 꿈에 진입한 누군가의 등을 바라본 적이 있다. 그 등은 결코 가닿을 수 없는 백지다. 무언가가 쓰여 있지만 읽을 수 없다. 꿈꾸는 자가 나에게 부친 편지가 아닐 수도 있을, 그 불가능한 가능성만으로 마음이 미어져 그 등을 길게 가르고 싶은 충동을 불러일으킨다. 언제나 닿고자 했지. 낭독자는 생각한다. 닿고 싶어 손을 뻗고 발을 구르고 등을 껴안고 그 등이 뒤돌아봐주기를, 눈을 맞춰주기를, 언제나 열린 귀로 내가 힘겹게 꺼낸 말을 들어주기를 바랐지. 붙잡히지 않는 것들을 언어라는 형상으로 번역하면서, 그것이 얼마나 무수한 실패를 이미 담지하고 있는지 이미 알고 있는 상태로, 같은 꿈을 꾸는 꿈을 꾸면서.

누군가를 지극한 애정과 존중의 마음으로 바라보고, 그에게서 발하는 것들을 듣고, 그를 깊이 안으려 한 사람이, 결국 그에게서 반사되어 반짝이며 자신에게 돌아오는 마음을 읽게 되는 일. 어느 순간 내게로 번역되어 오는 내면. 그 번역이 정확하다고 믿는, 순한 착각과도 같은 마음. 비로소 어떠한 형상을 이루는 관계. 눈부신 바다 위, 물결치는 태양 빛의 찬란함처럼. 지극히 유한한 인간 사이에서 그런 순간이 발생할 수 있다는 것이 황홀하지. 그 찰나를, 그 찰나에서 비롯되는 기억을 위해 기꺼이 삶에 뛰어들었지. 기꺼이 뛰어들지.

"편지 쓰기를 좋아하는데 그 편지들이 다 어디로 갔는지 모르겠어요. 답장이 올 때까지는…… 그런데 답장이 오려나요? 저는 편지를 쓰고 있습니다. 어디에 어떻게 닿을지 모르는 채로요. 무언가를 오래도록 사랑해보고 그것에서 배운 것들을 옮겨보고 있습니다."

안무가가 보낸 편지로부터, '답장 주세요'라는 한마디로부터 이 모든 것이 시작되었음을 낭독자는 안다. 뻗은 손에 응답하는 손이 있었기에, 그 손이 맞잡혀 여기까지 왔음. 손과 손 사이에서 무수한 마음들이 다시금 번역을 거치며 탈락하고 변형되고 각색된다. 종이 한 장과 종이 한 장 사이에 존재하는 틈처럼, 손과 손은 영영 온전히 일치할 수 없음을 아는 채로 서로를 붙든다. 갈라진 것들은 다시 붙지 않을 것임을 아는 채로.

편지는 없고, 무수히 많은 것이 있다.

그 문장을 소리 내어 말하고 낭독자는 꿈으로 진입한다.

깨어나면 그에게서조차 영영 멀어져 갈 꿈으로.

편지의 다중창

가을에는 늘 인사를 전하고 싶어집니다. 이유는 간단합니다. 여름이 끝났기 때문이지요. 가을에 연락이 닿은 누군가에게 내가 가장 즐겨 건네는 마지막 문장은 이것입니다. "부디 기쁜 날 많은 가을 보내시길 바랍니다."

생의 기운으로 가득한 풍경의 여름을 가장 사랑하는, 바람에 한 조각 서늘함이 깃들기 시작하자마자 곧장 내면이 시들기 시작하는 저로서는 가을을 기쁘게 보내는 일이, 아니 가을에 기쁜 날, 기쁜 순간을 맞이하는 일이 무척이나 어려운 일이기 때문입니다. 어렵다는 것은 때로 귀하다는 뜻이지요.

8월 31일은 상징적인 날입니다. 숫자에 의존하는 건 언제나 곤혹스럽지만, 때때로 기준점을 마련해두면 복닥거리는 머릿속이 조금은 가라앉기도 하므로 매년 9월 1일을 가을의 시작이라고 정해둔 저로서는, 8월 31일이 매년 여름의 마지막 날인 셈입니다. 오늘이 지나면 움츠러드는 나날이 시작된다, 안쪽으로 말린 어깨가 더 굽고, 옷을 여러 겹 덧댄 몸은 한없이 늘어지고, 추위가 등 뒤에서 매섭게 쫓아오는 나날이 지치도록 이어질 것이다, 비약하는 상상은 9월 1일 이후로도 뜨거운 대낮이 계속되던 요 며칠간에도 멎지 않았습니다.

그날, 그러니까 여름의 마지막 날, 자의적인 가을의 시작을 코앞에 둔 날, 국립극장 달오름극장의 무대 위에서 저는 여러 통의 편지를 읽었습니다. '가장 아름다운'이라는 뜻의 이탈리아어 'bellissimo'에 s를 하나 더 덧댄 '벨리씨모Bellisssimo'라는 제목의 오페라 갈라에 낭독자로 참여한 공연이었는데요, 유명한 오페라 속 이야기들을 현대적인 관점에서 재해석해 관객에게 띄우는 편지 형식으로 재구성하고 성악가의 아리아가 들려오기 전 낭독을 하는 형태의 공연이었습니다.

가령 모차르트의 「마술 피리」에 등장하는, 모든 것을 다 잃는 밤의 여왕의 절규가 악한 자의 정당한 멸망을 드러내기보다 괴로움에 울부짖는 한 여성의 목소리일 수 있지 않은지, 찬란한 빛의 세계 이면에는 어둠의 세계가 자리하는 게 아닌지 물었습니다. 헨델의 오페라 「리날도」의 유명한 노래, 「나를 울게 내버려 두오」에 관해선 적군에게 사로잡혀 죽을 위기에 처한 알미레나가 비참과 비애 속에서도 목소리를 내어 노래했음을, 그러니 아직 죽음은 오지 않았음을 이야기했습니다.

그리고 그 노래, 편지의 이중창이 있었습니다. 모차르트의 오페라 「피가로의 결혼」 3막에 등장하는 곡, 「산들바람은 부드럽게」. 백작 부인과 그의 하녀가 함께 백작을 꾀어내기 위한 편지를 쓴다는 내용의, 두 여성 소프라노가 부르는 몹시 아름다운 곡입니다. 백작 부인이 불러주고 하녀가 받아 적기에 가사도 두 번씩 반복됩니다.

산들바람이 오늘 밤, 산들바람이 오늘 밤, 불어옵니다. 작은 숲의 소나무 아래에서, 작은 숲의 소나무 아래에서. 나머지는 당신이 아실 거예요. 나머지는 당신이, 바로 당신이 아실 거예요.

어쩌면 모든 편지는 그렇게, 독백이 아니라 이중창이 되는 건지도 모른다고 썼습니다. 쓰고 소리 내어 읽었습니다. 손과 입술에서 두 번 반사되고, 종이 위에 쓰이고 읽힘으로써, 그렇게 두 번씩. 멀고도 가까운, 어쩌면 얼굴도 이름도 모르는 당신에게 보내는 이 편지도 마찬가지입니다.

오페라에 관해선 알고 있는 바가 전혀 없었기에 이것저것 자료를 찾아보고, 무엇보다 곡을 여러 번 들었습니다. 원고 작성을 위해 맡은 아리아는 총 다섯 곡이었지만,「산들바람은 부드럽게」만 끝도 없이 들었습니다. 이유는 모르겠습니다. 편지를 쓰는 두 여자의 목소리가 교차된다는 점이 근사해서인지, 그저 선율이 아름다워서인지. 아름다움 앞에서는 말을 자꾸 잃습니다. 말을 잃을 때, 이미 쓰인 말을 소리 내어 읽는 일은 도움이 됩니다. 가령 진은영 시인의 「봄여름가을겨울」『나는 오래된 거리처럼 너를 사랑하고』, 문학과지성사, 2022이라는 시의 구절을.

*

얼마 전, 한 친구가 물었습니다. 리외는 이 길에 들어선 지 얼마나 되었나요? 이 길,이라고 되묻듯 반복했더니 친구는 덧붙였습니다. 말로 설명하기는 어렵지만 뭔지 아실 것 같지 않은가요? 이 길. 그때 가장 먼저 떠오른 단어는 이상하게도 낭독이었습니다. 낭독을 시작한 지 어느새 십 년이 넘었다는 사실을 깨달았습니다. 어디선가 누군가 단 한 명이라도 듣는다면 내 목소리가 어딘가로 전해진 것이기를, 실낱같이 소망하는 마음으로 사운드클라우드에 음성 파일을 업로드하기 시작한 게 그 시작이었습니다. 가족 모두가 잠든 한밤중, 좁고 캄캄한 방 안에서 이불을 뒤집어쓰고 웅크린 채 휴대전화 불빛을 켜놓고 시를 중얼거리던 어느 날로부터 십 년이 지난 것입니다.

소리를 채집하는 일이 그저 즐거워 기억에 꼭 남겨두고 싶은 장면을 녹음해 업로드하기도 했습니다. 함부르크 크리스마스 퍼레이드, 기숙사에서 있었던 콜롬비아인 안드레아의 생일 파티, 리스본 로시우 광장의 소음, 마드리드 산 미겔 시장의 대낮, 프라하 재즈 클럽의 라이브 공연, 구시가 광장의 악기 연주자들, 일본군 성노예제 문제 해결을 위한 정기 수요시위. 동영상보다도 소리 녹음 파일을 재생했을 때 기억이 풍성하게 되살아납니다. 눈을 감고 귀만 열어둔 채 소리와 소음과 선율 사이의 무언가를 가만 듣고 있을 때, 온몸이 기억으로 흠뻑 젖는 것 같습니다. 가장 처음 외운 시도 기억납니다. 진은영의 「가족」『일곱 개의 단어로 된 사전』, 문학과지성사, 2003, 그리고 허수경의 「혼자 가는 먼 집」『혼자 가는 먼 집』, 문학과지성사, 1992.

기적처럼 어디선가 누군가 듣고 있었습니다. 잘 듣고 있다고 말해주었습니다. 이 부분에서는 훌쩍이시는 건가요? 왠지 우시는 것 같아서요. 댓글을 남기기도 했습니다. 위로가 되었어요. 감사합니다. 작은 글자들이 음성 파일 하단에 적히곤 했습니다. 깜빡이는 등대 불빛처럼 멀리서 전해져오는 마음들이 있었습니다. 얼굴도 이름도 모르는 사람들. 대체로 마음이 서럽거나 서글프거나 금방이라도 터질 듯 갑갑한 상태였던 십 년 전의 낭독은 그 자체로 하나의 적나라한 기록이어서 다시 듣기가 몹시 망설여집니다. 더는 펼치지 않는 시집들도, 누군가에게 선물했거나 선물 받았으나 관계는 흐려지고 구절만 또렷이 남은 시들도 더러 있습니다. 그럼에도, 많은 순간이 기적 같았습니다. 때로 믿어지지 않을 만큼, 입이 다물어지지 않을 만큼 기뻤습니다. 지구 반대편에 있는 고래 두 마리가 서로의 소리를 듣고 화답하며 대화할 수 있다는 사실을 처음 알았던 그 순간만큼.

*

최종 리허설이 있는 날까지 쓴 문장들을 미세하게 다듬으며 여러 번 읽었습니다. 읽고 또 읽다보면 문장들이 입에 익습니다. 아주, 아주 여러 번, 계속해서 중얼거리다보면 묵묵히 눈으로 글자를 읽을 때와는 전혀 다른 차원의 기억이 가능해집니다. 의식이 함유되지 않은 감각으로서의 기억. 머릿속으로 떠올리는 글자가 아니라 입 밖으로 흘러나오는 글자가 됩니다. 온몸에 끼얹어집니다.

"편지로 전해 듣는 오페라 갈라, 「벨리씨모」 공연에 오신 여러분 환영합니다. 이 공연은 오페라 주인공의 이야기를 편지로 써서 낭독으로 들려드린 뒤, 아리아 곡을 들려드리는 순서로 구성되어 있습니다. 목소리와 선율을 들으실 때 눈을 감으셔도 좋습니다. 그럼, 최고로 아름다운, 「벨리씨모」 공연이 이제 시작됩니다."

공연을 여는 멘트는 당일에 작성해 외웠습니다. 영화에서나 봤던 번쩍거리는 둥근 전구 모양 조명이 거울의 네 귀퉁이를 따라 박혀 있는 출연진 대기실 의자에 오래 앉아 있었습니다. 김밥을 우적이고 목캔디를 삼켰습니다. 마이크 위치는 여기가 좋을까요, 조금만 가장자리로 옮겨주세요, 피아노는 여기 둘게요, 조율은 마쳤습니다, 한 번 다시 해보시겠어요, 잘 들리시나요, 안 들리시나요, 다시 해볼게요, 무대가 꽤나 깊네요, 피아노 연주를 이때 낭독과 함께해주실 수 있을까요, 낭독자 입장은 이쪽에서 하도록 하겠습니다, 자막 효과는 이것으로 하겠습니다. 얼굴도 이름도 간신히 익힌 사람들과 부산스레 조율했습니다.

공연이 시작되었습니다. 낭독이 포함된 다양한 공연과 행사 자리에 섰었지만 수백 명의 관객을 앞에 두고 커다란 극장에서 낭독하는 일은 처음이었습니다. 시작 직전까지 심장이 터질 듯했는데 막상 무대에 섰을 때는 이상하게 편안해졌습니다. 목소리가 떨리지 않았습니다. 관객들의 얼굴이 말간 덩어리들처럼 보였고, 그 덩어리를 귀라고 여기며 말을 건넸습니다. 편지를 낭독한 후에는 구두를 또각거리며 무대 뒤편으로 걸어 들어가 새까만 바닥에 웅크리고 앉았습니다. 박수를 받으며 입장한 성악가가 부르는 아름다운 아리아를 들으며 다음 읽을 편지를 나직하게 중얼거렸습니다. 사방이 온통 어두웠기에 휴대전화 불빛을 켜서 행여 빛이 새어나갈까 한 손으로 둘러 가린 채, 소리 없이 무수한 입 모양을 만들었습니다. 찰칵 소리가 나지 않는 카메라 앱을 켜서 백스테이지를 몰래 사진으로 찍어두기도 했습니다. 그리고 생각했습니다. 꼭 십 년 전 캄캄한 이불 속 같네.

십 년. 진은영 시인이 꼭 십 년 만에 시집을 냈습니다. 여전히 사랑입니다. 어렵고, 귀하고, 말로는 다하기 힘든, 입이 다물어지지 않을 만큼 기쁜, 기적 같은 사랑의 말들. 나는 오래된 거리처럼 너를 사랑하고…… 십 년이라는 시간을 백스테이지에 웅크리고 앉아 곰곰 생각했습니다. 그 시간 동안, 곁의 무수한 소리들과 함께 이렇게 흘러왔구나, 어둠 속 희미하게 빛나는 무대용 사다리를 바라보면서, 머릿속을 비집고 들어서는 문장들 사이로 생각했습니다. 이렇게 흘러왔구나.

「산들바람은 부드럽게」는 영화 「쇼생크 탈출」프랭크 다라본트 연출, 1994의 한 장면을 가득 메우는 곡으로 알려져 있기도 합니다. 누명을 쓰고 쇼생크 감옥에서 십구 년을 복역해야 하는 앤디팀 로빈슨 역가 간수들 몰래 오페라 엘피판을 틀어 온 교도소에 쩌렁쩌렁 울려 퍼지게 하는 장면입니다. 짧은 순간, 쇼생크의 모든 사람은 자유를 느낍니다.

공연 이후로 가을의 길목에선 늘 이 곡을 듣습니다. Sull'aria, che soave zeffiretto, zeffiretto…… 산들바람이, 저 부드러운 미풍이, 미풍이, 오늘 저녁에도 불어올 것입니다. 작은 숲의 소나무 아래, 작은 숲의 소나무 아래, 나머지는 당신이 이미 알 것입니다. 분명히, 분명히.

다시, 당신, 인사를 전합니다. 부디 기쁜 날 많은 가을 보내시길 바랍니다. 올가을에도 내 영혼은 잠옷 차림을 하고 돌아다닐 것입니다. 다채로운 입 모양을 만들며, 소리 없이 중얼거리며, 맨홀 뚜껑 위에 쌓인 눈을 맨발로 밟을 때까지.

허공 아닌 허공을 향한

"여기서 뭐 하는 거예요?"

비즈가 촘촘히 박힌 검은색 하프 코트 차림의 중년 여자가 눈가와 입가에 미소를 달고 묻는다. 오른쪽으로 고개를 돌려 여자의 눈과 입을 스치듯 거쳐 뒤편의 나무들에 눈길이 닿는다. 시월의 첫 주말, 구름에 해가 가린 날이고 오전에는 비가 조금 내렸고 알록달록하다고 표현할 수밖에 없을 단풍의 색이 은은히 펼쳐져 있다. 여자의 얼굴은 어느덧 잔디밭을 향해 있다. 낭독자도 고개를 왼쪽으로 돌려 잔디밭을 바라본다. 쨍한 붉은색의 커다란 빈백이 열다섯 개쯤 군데군데 놓여 있고, 집에서 가져온 돗자리와 행사 주최 측에서 나누어준 오색 돗자리는 뾰족한 모서리가 접히고 구겨지고 겹쳐지고 어딘가 둥글어진 채 펼쳐져 있고, 인간들과 동물들이 삼삼오오 모여 앉거나 서거나 움직이고 있다. 이름을 알 수 없는 새 소리가 어디선가 들려오고, 저만치 언덕 위에서는 밴드의 공연 소리가 들려온다. 물음의 순간부터 지금까지 이 초 정도 흘렀다.

좀 이따 네 시부터 '보이는 라디오'라는 걸 할 거예요. (아, 라디오?) 여기 잔디밭에 계신 분들한테 제가 라디오를 들려드릴 건데요, 사연을 미리 받았어요. (어어.) 가을에 관한 것도 좋고, 가을에 쓰고 싶은 편지에 대한 것도 좋고, 읽은 책이나 고민거리도 좋고, 다 좋아요. 제가 그 사연을 모아 왔는데, (아아.) 여기서 읽어드리고 그 사연에 어울리는 시를 소개해드린 다음 낭독하는 시간을 가질 거예요.

"알겠어요. 이따 올게요."

이따 온다던 여자와 여자의 일행들은 몇 초와 몇 분과

몇십 분이 흐르도록 오지 않고 시간은 네 시가 되었다. 자 이제 시작할게요, 마이크 켜시고 하시면 돼요. 흐린 가을 하늘 아래, 단풍에 둘러싸인 채, 쨍한 붉은색 빈백들과 여기저기 뛰어다니는 아이들과 개들과 땅에 바짝 몸을 붙이고 눕거나 엎드린 이들 사이에서 '보이는 라디오'가 시작된다. 잔디밭에는 단출한 접이식 플라스틱 테이블과 의자 하나, 마이크 한 대와 스피커가 놓여 있다. 낭독자의 자리는 이곳이다. 종이 위에 적힌 사연 중 첫 번째 글을 소리 내어 읽기 시작한다.

아침저녁으로 부쩍 쌀쌀해지며 가벼운 옷차림 사이로 서늘함이 느껴져요. 올가을은 우리 가족 모두에게 진정한 의미의 '환절기'예요. 배 속에 둘째 아이가 찾아왔고, 엄마 아빠에겐 변화를 앞둔 두려움과 두근거림이, 첫째 아이에게는 자신이 누려오던 것을 나눠야 할 수 있다는 사실에 대한 본능적 거부감이 있습니다. 그려왔던 미래임에도 불구하고 커다란 변화 앞에서 머뭇거리게 되는 마음은 모두 마찬가지일까요? 조금은 두렵고 움츠

러드는 마음을 토닥여줄 따뜻한 가을 시를 편지로 받고
싶어요.

환절기를 맞이한 가족에게는 한강의 「효에게. 2002.
겨울」『서랍에 저녁을 넣어 두었다』, 문학과지성사, 2013과 안희연의
「내가 달의 아이였을 때」『여름 언덕에서 배운 것』, 창비, 2020가
선물로 건네진다. 이 가족은 잔디밭에 없지만, 어떻게든
그들에게 들릴 수 있을 것이라는 맹랑한 믿음으로 낭독
자는 시 두 편을 소리 내어 읽기로 한다. 여전히 아이들
과 개들은 사방을 뛰어다니고 있다. 첫 시를 읽기 직전,
두 소녀가 깡충깡충 뛰어와 묻는다. 저 멀리 빈백과 돗
자리 위 몇몇 눈동자들이 이쪽을 향해 있다.
"이거 뭐 하는 거예요?"
시를 읽는 거예요. 여러 사람에게 이야기를 받아서 그
이야기랑 어울리는 시를 소리 내어 읽고 있어요. 이제
첫 시를 읽을 건데,
소녀들은 대답의 첫 문장이 채 끝나기도 전에 이미 다
른 곳을 보고 있다. 등 뒤에 빽빽한 단풍나무들 사이로

눈이 옮겨 갔다가, 플라스틱 테이블 위에 놓인 종이 뭉치 위로 향했다가, 낭독자의 눈과 마주치고 나서 두 개의 등이 휙 돌아선다. 와르르 멀어지는 등 뒤에서 목소리가 들려온다. "재밌겠다!" 어떤 표정은 눈으로 보지 않아도 다 보인다. 소녀들은 몇 초와 몇 분과 몇십 분이 지나도록 돌아오지 않고 낭독자는 잔디 위에 있던 아이들의 발이 저 뒤편 숲으로 향하는 것을, 언덕 위로 한껏 올라가 비눗방울을 부는 모습을 곁눈질로 본다. 보지 않으면서 본다. 등의 외침 이후 지금까지 삼십 초가 흘렀다. 삼 분이 흘렀다. 삼십 분이 흘렀다.

사연은 태엽 조여진 오르골처럼 계속 읽힌다. 라디오가 흘러나오는 방에서 쉴 새 없이 인간이 움직이고 다른 소음들이 끼어들고 인간 아닌 것들도 제각기 은밀히 움직이고 있는 것처럼. 사연을 쓴 사람이 이곳에 있는지 없는지 낭독자는 알지 못한다. 그(들)에게 말을 건네는 수밖에 없으므로 있는 힘껏 있다고 믿으며.

자, 다음 사연의 주인공은 가을마다 생일이 돌아온다

고 하신 분인데요, '가을 편지' 하면 '생일 편지'가 생각
난다고 하셨어요. 생일에 어울리는 시를 추천해주시면
좋겠습니다,라고 보내주셨어요. 저는 생일 하면 떠오르
는 시가 있는데요, 제가 참 좋아하는 진은영 시인의 「전
생」이라는 시입니다. 『훔쳐가는 노래』창비, 2012라는 시집
에 들어 있어요. 생일에는 오히려 전생들을 떠올리게 되
지 않나요. 이렇게 태어나지 않았다면 나는 어떻게 태어
날 수도 있었을까, 곰곰 잠잠해지는 날이 저에겐 생일인
것 같습니다. 전생에 나는 뭐였을까, 다들 한 번쯤 상상
해보셨을 것 같기도 하고요.

　시를 낭독하면서, 낭독자는 어렴풋이 깨닫는다. 지
금 「전생」에 귀 기울이는 사람은 단 한 명도 없을 수 있
다고, 그러나 상관없다고. 지금보다 더 젊었을 때, 아득
한 전생 같은 과거에, 낭독자는 한밤 비좁은 방의 더욱
비좁은 옷장 속에 숨어들어 스스로에게만 가까스로 들
릴 정도의 속삭임으로 이 시를 몇 번이고, 몇 번이고 낭
독했었다. 아무에게도 들릴 수 없었으나 그의 두 귀만은

목에서 단어들이 여리게 터져나올 때 큼큼한 공기 속으로 스머드는 그 낱말들을 듣고 있었다. 아무도 듣지 않더라도 누군가는 듣고 있다는 것을 그는 그렇게 깨닫게 되었다. 아무도는 아무도일 수 없는 것이다, 아무래도.

여전히 아이들과 개들은 사방을 뛰어다니고 있다. 비눗방울이 여기까지 둥둥 떠온다. 어떻게 그럴 수 있지? 하지만 그럴 수 있다. 고개를 약간 숙이고 종이 위로 눈을 내리깐 채 낭독하는 이의 시야에도 그 움직임은 다 보인다. 몇몇 노인은 자리에서 일어나 슬슬 짐을 챙기기 시작한다. 그들이 왜 떠나는지에 대해 낭독자는 생각하지 않기로 한다. 생각하지 않겠다는 생각조차 하지 않기로 한다. 그들은 떠날 수 있다. 언제든, 누구든, 떠날 수 있고 다시 돌아올 수도 있다. 라디오는 한 자리에 가만 놓여 있으나 그로부터 어떤 소리가 흘러나오든 우리가 어디로든 갈 수 있는 것처럼. 소리를 들으면서든 듣지 않으면서든. 이토록 만물이 제—멋대로 제—모양대로 흘러가고 움직이고 가만하다가 다시 움직이는 모습이 오히려 세계 그 자체이지 않은가. 세계는 이토록

소음으로 넘쳐나고(정연한 시를 읊조리는 목소리조차
도 소음의 일종이다) 혼란한 움직임으로 가득하며 도무
지 멈추지를 않는다……고 낭독자는「혼자 가는 먼 집」
을 낭독하며 생각한다. 다 괜찮아진다. 편안해진다. 그
끝없음에, 가없음에, 한없음에.

　　다음 사연은 낭독자에게 무척 반가운 편지다. 사실 모
든 사연은 편지다. 낭독자가 허공을 향해, 잔디밭을 향
해 건네는 말 역시 편지다. 하나하나 전부 다 편지다. 수
신자를 알 수 없이 흩뿌려지는 편지들.

　　정말 반가운 편지 같은 사연인데요, 읽어보겠습니다.
제가 좋아하는 한 선생님은 안부를 묻는 이메일을 불현
듯 보내시고는, 끝에 꼭 "또 편지하마"라고 쓰셨어요. 어
느 계절보다 '편지'라는 단어가 잘 어울리는 가을, 문득
선생님께 종이 편지 같은 안부 이메일을 보내고 싶어져
요. 하나도 중요하지 않지만 소중하고 사소한 이야기들
을 가득 담아서요. 함께 보낼 시가 있다면 참 좋겠습니
다. 이렇게 써주셨어요. 하나도 중요하지 않지만 소중하

고 사소한 이야기라는 표현이 정말 좋았어요. 하나도 중요하지 않다고 여겨지는 게 사실은 가장 소중하다는 생각을 저도 가끔 하거든요.

어떤 시를 드리면 좋을까, 오래 고민하다 두 편을 가져와보았어요. 두 편 다 제가 참 좋아하는 시예요. 사실 오늘 '보이는 라디오'를 준비하면서 그런 생각이 많이 들더라고요. 어떤 분들이 듣게 되실지 모르지만, 어떤 분들을 만나게 될지 모르지만 그분들을 위해 저의 가장 귀한 보물 상자에 차곡차곡 담긴 아끼는 시들을 하나씩 꺼내보고 매만져보고 그것들을 목소리로 늘어놓게 되겠구나 하는 생각이요. 윤진화 시인의 「안부」『영원한 귓속말』, 문학동네, 2014, 그리고 이은규 시인의 「심야발 안부」『다정한 호칭』, 문학동네, 2012라는 시입니다. 「안부」는 편지 형식의 시이고, 「심야발 안부」에는 편지를 쓰는 누군가의 풍경이 담겨 있어요. 그럼 한번 읽어보겠습니다.

시가 낭독되는 동안 아이들과 개들은 사방을 뛰어다니고 있다. 낭독자는 점점 더 즐거워진다. 되도록 저 소리들에 파묻히고 싶다. 시의 마지막 문장이 읽힐 때 저 멀리서 어떤 고개가 까닥이는 것을 분명히 보았다고, 다음 계절을 순하게 받아들이듯 기다리겠다는 고요한 다짐 같은 마음이 찰나에 겹쳐졌다고 그는 믿는다. 그 믿음만으로 그는 여러 날을 날 수 있다. 감히.

어느덧 마지막 사연입니다. 시간이 얼마 남지 않았다고 하니 빠르게 읽어볼게요. 딱 두 문장이에요. "가을이네요. 겨울을 간절히 기다리는 마음이 담긴 시를 추천해주세요." 여러분, 겨울은 참 힘든 계절이지요. 많이 춥고, 몸과 마음이 다 움츠러드는 것 같고, 무거워지는 것 같고. 이번 겨울도 많이 추울 건가봐요. 그래도 이 가을, 아름다움 가득 누리시고 산책도 많이 하시고, 오늘처럼 이런 재밌는 곳에 나들이도 가시고, 소중한 존재들과 즐거운 시간을 보내시길 바라요. 가을을 잘 누리고 겨울로 향하시길 바라요. 다음 계절에도, 그다음 계절에도 부디 푸근하고 다감한 순간이 많으시기를 바랍니다. 오늘 이렇게 '보이는 라디오'를 들어주셔서 감사드립니다. 안희연 시인의 「슈톨렌」『여름 언덕에서 배운 것』, 창비, 2020과 고명재 시인의 「우리는 기온이 낮을수록 용감해진다」『우리가 키스할 때 눈을 감는 건』, 문학동네, 2022를 들려드리면서 저는 이만 물러가볼게요.

추천의 글 | 안희연

당신이 지금 어디에 있는지 말해주는 책

첫 책에는 작가의 모든 것이 담긴다. 그가 무엇을 읽어왔고, 그것이 그에게 어떤 의미였으며, 그것을 토대로 자신은 어떤 이야기를 짓고 싶어 하는지. 그가 어디서 출발했고, 지금은 어디에 서 있으며, 앞으로는 어디로 가고 싶어 하는지까지도. 첫 책은 한 작가를 이루는 중핵이자 원형적 세계라 할 수 있다. 그러므로 이 책의 농도는 진할 수밖에 없다. 이 작은 책에는 최리외라는 작가의 거의 모든 것이 담겨 있다. 읽는 즉시 휘발되어버리는 책이 아니라 긴 시간을 들여 얻은 농축액처럼 아주 진한 무언가로 빚어진 책. 나는 이 '진한 책'을 여러 밤 곁에 두고 아껴 읽었다.

『밤이 아닌데도 밤이 되는』을 한마디로 어떻게 설명할 수 있을까. 나는 이 책의 작가가 시인이나 소설가라고 해도, 번역가이거나 에세이스트라고 해도 전부 수긍할 수 있다. 어느 페이지는 시로 읽혔고, 어느 페이지는 내가 이해할 수 없는 언어로 쓰인 텍스트를 한글로 번역해놓은 소설의 일부 같았다. 어느 대목에서는 직업인/번역가로서의 고충이 생생하게 전해졌으며, 또 다른 페이지에서는 최리외라는 사람의 유년을, 실제 목소리와 얼굴을 또렷하게 상상해볼 수 있었다. 그 말인즉 이 책이 장르를 규정하기 힘든 책이며, 어느 경우든 유려하고 탄탄한 문장이 뒷받침되기 때문에, 책을 읽어 내려가는 동안 장르 구분이 무용해질 만큼 충분한 아름다움을 이미 느꼈다는 뜻도 된다. 이 작가의 글쓰기의 방법론과 필력에 화들짝 반해버렸다는 말이다.

"자, 이것이 저의 레퍼런스입니다. 탈주하고, 무의

미하며, 분열하는 글쓰기.

그러나 동시에 다정하며, 사랑을 ― 그것이 죽음과 닿아 있더라도 ― 말하는 글쓰기."

― 「여기, 우리가 만나는 곳」 부분

작가 스스로 이야기하듯 그는 의미가 고정된 방식으로, 무언가를 규정하고 갈음하는 방식으로 쓰고 싶어 하지 않는다. 인식이 곧장 이해로 이어지는 것은 아니라고, 그 시차를 인정하면서 우리가 놓친 것은 없는지 그 세부를 골똘히 살펴야 한다고 여긴다. 그러니 그의 글은 물웅덩이를 들여다보듯이 읽는 게 아니라 천 갈래 만 갈래로 뻗어나가는 불꽃을 바라보듯 읽어야 한다. 레퍼런스가 적지 않고, 의도적인 어긋남을 발생시키는 구조로 되어 있어 긴장의 끈을 놓을 수 없지만, 그 긴장감에 일단 올라타고 나면 파도를 즐기는 서퍼처럼 물살의 흐름을 느낄 수 있다. 그가 마련해놓은 "상상의 산물과 현실이 구분되지 않는"(25면) 세계를 자유로이 유영하다보면 우리가 경계라고 여겨왔던 것 역시 더 이상 경계가 아님을 알게 된다. 밤의 공항, 국경지대, 이국의 거리를 헤매는 듯한 이방인적 감수성으로 무장한 이 책은 앉은자리에서 한 걸음도 움직이지 않으면서 우리를 여행하게 만드는 마법을 부린다.

작가의 이름인 '리외'는 알베르 카뮈의 소설 『페스트』에서 따온 것으로 "전염병에 휩싸인 도시에서" "묵묵히 사람을 살"리는 "의사"의 이름이다(21면). 나는 이 책이 하는 일이 그 의사의 일과 다르지 않다는 생각을 한다. 무의미하다고 여겨왔던 것을 의미로 보듬을 줄 아는 사람. 모두가 중심에 놓인 문장에만 시선을 던질 때 각주로 처리된 작은 글씨, 단편적인 이야기 속에 진심과 진짜가 숨어 있을지도 모른다고 주목하는 사람. 애도의 형식, 진정한 추모의 방식을 고민하여 '광막한 밤바다의 녹틸루카 신틸란스'를 떠올리는 사람. 무엇보다, 글 '쓰기' 자체를 지독하게 사랑하는 사람. 자신의 삶은 물론 타인의 삶까지도 정성으로 보듬으려는 이 마음의 일이 의사의 것이 아니라면 무엇이 그의 일일 수 있을까.

이 편지의 수신인이 당신이 아닐 이유는 없다. 만일

당신이 무언가를 잃어버렸다는 감각만 선명할 뿐 정말 잃은 것이 무엇인지 알지 못하는 채로 홀로 두리번거리고 있다면, '곁'이 되어줄 무언가를 필요로 하는 동시에 누군가의 '곁'이 되어줄 수 있는 마음을 가진 사람이라면, 틀림없이 이 책의 주인이 되어주리라 믿는다. 책의 주소지를 말한다는 건 생경한 일이지만, 이 책의 주소지를 '여기, 우리가 만나는 곳'이라 적어보면 어떨까. 우리는 모두 '다중창'을 가진 존재들이라 서로가 서로에게 영원히 다다를 수 없겠지만, 그렇게 계속해서 미끄러지고 놓치는 것이 인간의 마음이라 해도, 이 책을 곁에 두고 읽는 동안만큼은 우리가 함께 있는 거라고 말해본다. 이 책 곁에서라면, 우리가 서로를 알아볼 수 있을 거라는 희망이 든다. 고독의 심부에 정확하게 도달하면서도 생생하게 깨어 있기를 갈망하는 사람들의 공동체. 연결되려는 의지의 자리. 이 책을 곁에 둔 당신과 나의 현재 위치일 것이다.

다시, 우리가 만나는

또 한 번 편지 아닌 편지를 씁니다.

지난봄부터 여름까지 원고를 묶고 다듬고 고쳐 쓰며 한참 들여다보았습니다. 무어라 이름 붙이기 어려운 감정들이 들락날락했어요. 막연하게만 꿈꿨던 '첫 책'이라는 두 글자가 이렇게 든든한 물성으로 실현되었다는 사실이 얼떨떨합니다. 아마 오래 그럴 것 같습니다. 꼭 한 번 만나고 싶던 음악가나 작가와 악수를 나눈 기분, 이번 생에 꼭 느끼고 싶던 풍경 속에 자리한 기분, 오랜

시간 사랑해온 줄도 모르고 사랑한 존재와 가까이서 눈을 맞춘 기분과 어쩌면 비슷할지요. 가슴 터질 듯 부풀고 심장 빠르게 뛰며 동시에 그대로 주저앉아 엉엉 울고 싶어지는 기분과도요.

그간 써온 글 중 가장 아끼는, 표면이 반들반들해질 때까지 오래도록 매만진 돌멩이들을 모았습니다. 전부 밤이 아닌데도 밤이 되는 마음으로 쓴 것들입니다. 눈을 감는 마음으로, 어둠 속 미세한 기적 같은 마음으로. 상당수는 소중한 친구이자 동료인 전승민 평론가와 함께한 「금요일에 만나요」 뉴스레터에 초고를 띄워 보냈고, 다른 잡지나 기획에 참여했을 때 쓴 글을 다듬기도 했고, 혼자서만 바라보던 기록을 책갈피처럼 군데군데 끼워보기도 했습니다.

다채로운 돌멩이와 모래가 섞인 원고 뭉치를 여러 번 되읽어보니, 지독하리만치 비슷한 말을 다시, 또다시 하고 있더라고요. 그 반복을 깨닫는 과정은 몹시 부끄럽기도, 얼얼하기도 했습니다. 허공 아닌 허공에 목소리를 발신하는 일, 시차와 더불어 쓰이는 비겁한 편지를 사랑하는 일, 지극한 피로감을 안고 그러나 최대한의 성실로 타인을 듣고 번역하는 일, 둥글게 모여 앉아 가만 귀 기울이는 시시한 서로들의 존재를 기다리고 그리워하는 일. 비유이자 실제인 그것들이 지금의 제 몸을 빚어냈으므로 덧칠하듯 말할 수밖에 없었다고, 겨우 생각합니다.

글자를 쓰고 또 옮기는 사람이기도 하지만 저는 내내 읽는 사람이고 싶습니다. 책도, 존재도, 함께 읽고 다르게 읽고 거듭하여 읽고 소리 내어 읽으면서, 그 부끄럽고도 얼얼한 반복 속에 무엇들이 미세하게 달라지고 있는지 살피는 사람이고 싶습니다. 지루한 반복과 변주를 견뎌준 새롭고 오래된 친구들에게, 가득한 애정으로 이 책을 함께 만들어주신 핀드 김선영 대표님께, 읽을 때마다 울게 되는 귀한 말을 건네주신 안희연 시인께, 모든 순간의 첫 독자인 애인에게 고마움을 전합니다. 여러분이 저를 읽어주어, 매번 다른 방식으로 손을 잡아주어 지금—여기에 있어요.

무엇보다 이 책을 집어 들고 펼쳐 읽어주신 낯설고 친밀한, 멀고도 가까운 당신께.

저에게서는 이미 흩어지고 있는, 흩어져버린 돌멩이들을 당신 손에 건넵니다. 손안에 아주 자그마한 알갱이가 남기를, 잠시의 까끌거림과 반짝거림이 있기를 감히 소망합니다. 우리는 어디선가 반드시 만나게 될 거예요. 그 믿음으로 저는 다시, 또다시 살아갈 것입니다. 이제껏 그래왔듯 간절한 줄도 모르고 간절한 채. 뒤늦은 깨달음의 망연한 기쁨처럼.

언제나처럼 언어는 모래로 흩어지네요. 도무지 다 담을 수가 없네요. 깊은 밤처럼 아득하네요. 그러니 있는 힘껏 꾹꾹 누르듯 말해봅니다. 읽어주셔서 감사합니다.

매미 소리 듣는 2024년 8월
최리외

밤이 아닌데도 밤이 되는

초판 1쇄 발행 2024년 8월 19일

지은이   최리외
편집   김선영
디자인   김지원
조판   한향림

펴낸곳   핀드
펴낸이   김선영
등록   2021년 8월 11일 제2023-000289호
주소   04017 서울시 마포구 동교로 31(망원동) 2층
전화   02-575-0210
팩스   02-2179-9210
이메일   pinned@pinned.co.kr
인스타그램   @pinnedbooks

ⓒ 최리외 2024
ISBN 979-11-981721-5-0 03810